Self-Publisher-Blues

Satire
Sachbuch
Ratgeber

„Meine Verteidigung war erstaunlicherweise nötig,
obwohl ich doch nichts Böses getan hatte –
nur ein Buch geschrieben."

Judy Fall

Luise Link

Self-Publisher-Blues

Satire
Sachbuch
Ratgeber

Bibliografische Information der Deutschen Nationalbibliothek:
Die Deutsche Nationalbibliothek verzeichnet diese Publikation in der Deutschen Nationalbibliografie; detaillierte bibliografische Daten sind im Internet über http://dnb.dnb.de abrufbar.

TWENTYSIX – Der Self-Publishing-Verlag
Eine Kooperation zwischen der Verlagsgruppe Random House und BoD – Books on Demand

© 2016 Luise Link

Herstellung und Verlag:
BoD – Books on Demand, Norderstedt

ISBN: 978-3740714789

Inhalt

Statt eines Vorworts 7
Gestatten: Judy Fall 9
Auf Tour 11
Der Tag ist noch lang 14
Oh Mann, was habe ich getan? 18
Die Zeitung kommt 20
Der Schönheitsfehler 22
Ich gestehe 25
Durchhalten 28
Mit der Kritik leben lernen 30
Das Buch – ein Röntgenschirm 33
Pseudo 34
Verkaufsstrategien 36
Dilemma 39
Der Fanclub 41
Wer? Wie? Was? – Das Prinzip 42
Ein Plädoyer 43
Glück oder Pech 45
Die ersten Wochen 47
Veränderungen 48
Gitte wird lesen 49
Gittes Produkt 52
Was hatte Gitte richtig gemacht, was ich falsch gemacht hatte? 53
Günters Beißhemmung 55
Die zweigeteilte Welt 59
Wie bei der Erdbeerschwemme 61
Warum schreibt man? 64
Sadismus und Masochismus: Die Beziehung zwischen Autor und Leser 65

Arthur fragen	68
Ein Anruf, der ein Leben verändert	70
Gitte und Günter lesen gemeinsam	73
Kunst und Gunst	76
Neue Ideen	79
Gitte und Günter, Britney und Judy	86
Manöverkritik	92
Lully trägt vor	96
Fine	103
Ausblick	106
Glossar	108

Statt eines Vorworts

Anlässlich einer Recherche für mein geplantes Buch über Self-Publishing in Deutschland lernte ich 2013 bei einem Autorinnentreffen in Bad Mustermannshausen Judy Fall[1] kennen. Sie hatte gerade ihr erstes Buch veröffentlicht, mit mäßigem Erfolg und unerwarteten Reaktionen ihrer Umwelt.

Im Interview – aus dem an dieser Stelle nur ein kleiner Ausschnitt veröffentlicht werden kann – versuchten wir gemeinsam eine erste Analyse der Probleme.

...

LL Frau Fall, Sie bezeichneten die Veröffentlichung Ihres ersten Buches bei der Tagung als ‚Buchschock'. Das erinnert fast etwas an Babyschock.

JF Es gibt da durchaus Analogien.

LL Sie kündigten an, Ihr nächstes Buch unter einem Pseudonym veröffentlichen zu wollen. Warum?

JF Im Moment denke ich darüber nach, ja. Mein Agent hat mir dazu geraten. Meine Karriere als Schriftstellerin sei noch ungefestigt, ein zwei-

---

[1] Der richtige Name ist der Autorin dieses Buches bekannt.

tes Buch mit mäßigen Verkaufszahlen schwer verkraftbar. Der Erfolg hat eben viele Väter, Onkel, Tanten und Kusinen. Von der Erfolglosigkeit hingegen bleibt immer etwas hängen. Selbst große Karrieren sind durch einmalige Flops vernichtet worden. Wenn das zweite Buch einen guten Umsatz erreichen würde, würde das erste sozusagen „geheilt". Dann könnte ich mein Inkognito ja jederzeit lüften.
...

LL
Frau Fall, ich danke Ihnen für dieses Gespräch.

Wir trafen uns in den nächsten drei Jahren regelmäßig zum Gedankenaustausch. Irgendwann bot Frau Fall mir an, ich könne ihre Geschichte, ihre Gedanken und Analysen in einem Buch verarbeiten. Ich habe diese Möglichkeit sehr gerne wahrgenommen. Aus vielen Gesprächen mit Self-Publishern weiß ich, dass ihr Fall weit über den eigenen hinausreicht: Er ist typisch für den Selbstverleger, der zum ersten Mal die öffentliche Bühne betritt.

Deshalb bin ich Frau Fall für die Autorisation zur Veröffentlichung der hier vorgelegten Fallanalyse zu großem Dank verpflichtet.

Gestatten: Judy Fall

Erinnern Sie sich noch an die Auftritte von Günter Grass oder Siegfried Lenz im Fernsehen?

Mein Gott, die Fernsehrunde und das Millionenpublikum vor der Mattscheibe – wie hat man diese großen Geister bewundert! Und wenn solche berühmten Autoren auf Lesetour gingen, da waren Theater, riesige Säle bis zum letzten Platz besetzt. Man lauschte dem Meister.

Literarisch schreiben – das wollte ich auch.

Ich verfasste einen Roman und veröffentlichte ihn. Als Self-Publisher. Mein Debut.

Wenn du einen Verlag hast, am besten einen ganz, ganz großen und renommierten, der nimmt eine Glocke in die Hand und teilt der Weltöffentlichkeit mit, dass er einen neuen Autor entdeckt hat. Einen, der etwas erzählen kann und zu sagen hat. Einen, der gut schreibt. Und dann sind die Leser gespannt, was der zu bieten hat. Und kaufen das neue Buch, sind beeindruckt, der junge Autor wird geehrt und kann sich toll fühlen.

Hast du keinen, also keinen Publikumsverlag, dann nimmst du die Bimmel selbst in die Hand. Du stellst dich auf den Marktplatz in deiner Heimatstadt, schellst oder bimmelst:

„Leute, hört mal alle her! Ich hab etwas zu erzählen und zu sagen."

Dann gucken erst mal alle verblüfft und denken:

„Du liebe Güte, hat die denn auch schon was zu sagen? Was will die uns erzählen?"

Und sie nehmen sich dann – mehr oder weniger – vor, das neue Buch auf keinen Fall zu kaufen!

Der frischgebackene Autor hat also ein ziemliches Problem und muss sich eine Menge einfallen lassen!

Und von all dem handelt meine Fall-Analyse:
Der Fall von ‚Judy Fall'

Auf Tour

Ich bin heute auf Tour.
Auf Ochsentour.
14.00Uhr.

Ich stehe in einer kleinen Buchhandlung, in einem Kleinstädtchen, nicht weit von Bad Mustermannshausen entfernt. Vor mir eine junge Dame, die sich intensiv beraten lässt, dann ein älterer Herr mit der gleichen Absicht. Endlich bin ich an der Reihe.

Ich bin schon zum zweiten Mal hier. Heute Morgen hat mir die Verkäuferin gesagt, ich solle um vierzehn Uhr wiederkommen, der Filialleiter sei noch nicht da.

Der Filialleiter lächelt sein freundliches „Sie-wünschen-bitte-Gesicht".

Ich packe aus meiner Jutetasche fünf Bücher aus.

Bevor ich noch ein Wort hervorgebracht habe, ist sein Gesicht schon in den „Womit-wollen-Sie-mich-belästigen?"-Modus gerutscht.

Ich traue mich trotzdem zu sprechen.

„Guten Tag. Mein Name ist Judy Fall. Ich habe einen Roman geschrieben."

Augenblicklich wandelt sich sein Gesicht zum „Ich-gebe-nie-einen-Euro"-Ausdruck, vielleicht soll's auch die alte Version „Betteln und Hausieren verboten" sein.

Nach Luft schnappend, keuchend, bringe ich mit letztem Mut hervor:

„Könnten Sie einige Bücher in Kommission nehmen? Natürlich gebe ich Ihnen auch den Buchhandelsrabatt von 30%."

Nach den 30% wird's ein kleines bisschen besser.

Der junge Filialleiter mustert mich, mitleidig. Klar, ein dynamischer Jungautor sähe anders aus.

Ich bin neunundfünfzig, gerade Frührentner geworden. Wenn man ein ganzes Leben wie ein Tier geschuftet und sich bis zur Frühverrentung abgeschafft hat, braucht man neue größere Aufgaben.

„Wo werden Sie die Bücher denn auslegen?"

Ich weiß genau, dass der Erfolg meines Buches nicht unerheblich von dem Platz abhängt, auf dem es sein Display erfährt.

Der Filialleiter blickt entrüstet.

Was fällt mir ein?

Wenn er schon gnädiglich mein kleines eitles Machwerkchen in sein Sortiment aufnimmt, da hab ich dankbar zu sein, nicht mit blöden Fragen seine Zeit zu verschwenden. Er sagt denn auch:

„Wo ich die Bücher hinlegen werde, das weiß ich nicht. Ich schau dann irgendwann mal. Kommen Sie in einem halben Jahr wieder, da können wir sehen, ob ein Buch verkauft worden ist."

Der Tag ist noch lang

Auf meiner Rundreise stehen heute noch weitere vier Buchhandlungen. Alle in der Nähe meines Wohnortes. Ein Buch von mir hat höchstens lokal eine Chance. Ich hab da aber ein Problem. Ich schreibe eigentlich für die ganze Welt – bin aber selbst in meiner Heimat fast chancenlos. Wenn ich wenigstens Krimis schreiben würde! Das liegt mir aber nicht. Weil's schon genug Verbrechen in der Welt gibt, da will ich nicht noch welche dazu erfinden.

Beim zweiten Buchhändler hab' ich mich seriös eingeführt. Ein Buch vorab vorbei gebracht, damit er nicht die Katze im Sack kaufen muss. Kaufen wird er aber ohnehin nicht. Geht alles auf Kommission und mit Rabatt.

„Wie hat Ihnen der Roman denn gefallen?"

Er schweigt einen Augenblick. Das verheißt sicher nichts Gutes.

„Also, was Sie da schreiben, was wollten Sie denn damit sagen?"

Wenn der Buchhändler es nicht versteht, habe ich vielleicht zu viel verschlüsselt?

„Ich lese ohnehin nur Literatur aus dem neunzehnten Jahrhundert", fährt er fort.

„Da kann ich verstehen, dass Sie Gegenwartsliteratur nicht so mögen. Aber wenigstens haben Sie mein Buch als Literatur bezeichnet, das ist ja schon etwas", sage ich.

Er zieht mir den Zahn umgehend.

„Ach, wissen Sie, für mich ist alles Literatur, auch drei Buchstaben oder zwei Worte."

Dafür, dass ein Buch geschenkt ist, hat er sich echt rangehalten mit der Kritik.

Er nimmt mir dann aber die Bücher doch aus der Hand und verfrachtet sie an einen super Platz im schönen Laden. An dem Platz liegt's nicht, wenn ich nichts verkaufe.

Ich verabschiede mich.

Heute Abend werde ich mir zum Trost noch mal „Amadeus" ansehen. Mozart ist auch bei allen abgeblitzt und später hat man gejubelt, wie toll er war.

Buchhandlungsbesuche drei und vier laufen ähnlich ab wie Nummer zwei. In das vorab vorbeigebrachte Buch hat man aber noch nicht schauen können, deshalb fällt wenigstens die Kritik aus. Aber man ist bereit, die Bücher zu den üblichen Konditionen zu übernehmen.

Bei Nummer fünf spiele ich Vabanque. Die Buchhandlung ist die größte in der Gegend. Ich habe nicht angerufen, ich habe nichts vorbeigebracht, ich muss den Filialleiter überrumpeln, sonst wird er mir im Leben keinen Platz im Sortiment einräumen.

„Ich hätte gern die Filialleitung gesprochen. Ob ich meine Bücher hier bei Ihnen lassen kann."

Oh, das kommt gar nicht gut an.

„Wir haben heute Inventur."

So schnell lasse ich mich nicht abwimmeln.

„Ich bin weit gefahren. Könnten Sie bitte nachfragen?"

„Wie heißt denn Ihr Buch?"

Ich nenne Titel und Autorenname.

Die Verkäuferin ist entgegenkommend. Sie ruft tatsächlich die Filialleiterin an.

Sie nennt den Titel und den Verfasser.

Kurze Pause.

Ich kann durch Wände sehen.

Aha, ein Roman. Im Eigenverlag.

Ich bin gestorben.

Ich hake trotzdem noch einmal nach.

„Ich könnte Ihnen ein Freiexemplar hier lassen. Dann könnten Sie sich über die Qualität des Buches informieren."

„Da schaue ich nicht rein", entsetzt sich die Verkäuferin.

„Aber für eine so große Buchhandlung wie die Ihre ist doch die Kenntnisnahme, wenn nicht gar Förderung der heimischen Literatur eine wichtige Sache, oder nicht?"

„Wie viele Seiten hat denn ihr Buch?", fragt sie.

„Einhundertfünfzig", antworte ich.

„So dünne Bücher lese ich sowieso nicht. Ich mag nur dicke. Und dann noch Self-Publishing! Ist doch eh nichts, da brauche ich in Ihr Buch gar nicht hinein zu sehen", meint sie.

Meine Mama sagte früher immer, einem geschenkten Gaul schaust du nicht ins Maul. Aber die Verkäuferin ist zu jung für solche Sprichwörter, auf achtzehn, neunzehn Lenze schätze ich sie. Da verfügt sie bestimmt über genügend große Leseerfahrung, um Bücher verurteilen zu können, ohne sie je gelesen zu haben.

„Einen schönen, guten Tag", wünsche ich ihr.

Für heute ist die Ochsentour beendet.
Was bin ich für ein Ochse!

Oh Mann, was habe ich getan?

Vor vielen Jahren schon habe ich mit dem Schreiben begonnen. Am Anfang schreiben die meisten für sich selbst.

Bei mir war's nach meiner ersten Scheidung. Man will sich über etwas klar werden, man will vielleicht etwas bewältigen.

Schopenhauer sagte dazu: Es sind „solche, die während des Schreibens denken." Dass er vorher die erwähnt hat, die „schreiben, ohne zu denken", soll nicht unerwähnt bleiben.

Zunächst produzierte ich für die Schublade. Man muss das Leben ja erst einmal erleben, bevor man darüber erzählen kann. Und nützlich ist auch, wenn man sich für diese Aufgabe ein bisschen in Sprache und Stil übt. Für den Buchmarkt allerdings bin ich – logischerweise – durch das lange Üben und Reflektieren viel zu alt geworden.

Solange die Texte in der Schublade schlummern, ist das Leben leicht. Dem Autor kann nichts passieren. Nichts Negatives. Nichts Positives. Aber weil die meisten Autoren das Fell juckt, weil sie meinen, Glück ist mehr als die Abwesenheit von Unglück, deshalb gehen sie dann den zweiten Schritt. Anstatt sich an ihren schönen Geschichten alleine zu erfreuen, meinen sie, ihre Gedanken sollten der Um- und Nachwelt zur Kenntnis gebracht werden. Dabei ist natürlich auch in Rechnung zu setzen, dass viele sich berufen fühlen, aber leider nur wenige von uns es sind.

Nachdem die Euphorie der ersten Tage nach der ersten Veröffentlichung, mit meinem Printexemplar, meinem Titel überall im Internet, etwas abgeebbt war, hielt ich es für möglich, dass der erwähnte zweite Schritt ein Fehler gewesen war.

Die Zeitung kommt

Das Beste und Einzige, was ein Autor jenseits der fünfundfünfzig an Publizität erreichen kann, ist ein Artikel in der Heimatzeitung. Er weiß nichts von Facebook, kennt sich mit anderen sozialen Netzwerken nicht aus und ist damit von drei Viertel der Menschheitskommunikation ausgeschlossen. Das ist natürlich nicht unbedingt nur von Nachteil. Shitstorms, Mobbing Kampagnen, davon hat er keine Ahnung. Und was man nicht weiß, macht einen nicht heiß.

Um vielleicht vier, fünf Bücher in meinem Städtchen oder in der Nähe zu verkaufen, hatte ich mir überlegt, eine Pressemeldung zu lancieren. Das führte dazu, dass die Heimatzeitung tatsächlich ein Interview mit mir führen wollte!

Wie es ältere Leute so tun, präparierte ich mich. Mein Credo lautet: Nur wenn du dich um dreihundert Prozent überpräparierst, kannst du spontan so antworten, dass der Schaden begrenzt ist. Welche Fallen sind in einem Interview aufgestellt? Hunderte.

Was interessiert Nachbarn, Bekannte, Landkreisleute eines Autors am meisten? Deren Interessen hat die Heimatzeitung zu beachten.

Am besten sind negative Sachen, die bei so einem Interview herauskommen. Wenn der Autor zum Beispiel unvorsichtig ist und sich über seine schlechte Ehe ausfragen lässt. Im weitesten Sinne also, was können wir an Klatsch und Tratsch in den Autor erst hinein- und herausfragen und später bei seinen Texten hinein- und herauslesen. Wenn der Reporter geschickt ist, kann er viel für seine Leser tun.

Ich arbeitete, um das zu vermeiden, drei Tage an meinen Aussagen auf alle möglichen Fragen. Ich wartete auf den großen Tag.

Am Morgen um elf Uhr kam der Reporter. War ein netter, merkte man sofort. Wohlmeinend. Wollte mich nicht hereinlegen, sondern mir zu ein bisschen Popularität und Verkaufserfolgen verhelfen. Die Fragen waren fair, ich war angetan. Er machte ein paar Fotos. Ich am Schreibtisch, ich am Wohnzimmertisch mit dem Buch und einem Glas Wasser.

Die Freude, für eine dreiviertel Stunde aus dem Einerlei des normalen Lebens aufgetaucht zu sein und mich ein bisschen wichtig fühlen zu können, quasi ein H-Promi zu sein, wurde bald von Angst überwuchert.

Was würden meine Nachbarn sagen?

Würde der Reporter eine Art Homestory mit den Fotos schreiben, so dass jeder in meiner Umgebung das Gefühl haben würde, ich wäre endgültig durchgeknallt?

In meinem Fall wurde ein solcher Supergau vermieden. Es gab nur ein Foto, ich sah halbwegs aus, meine Antworten wurden nicht sinnentstellt wiedergegeben.

Ich schaute bei Amazon. Mein Verkaufsrang hatte sich nicht verbessert.

Der Schönheitsfehler

Der Artikel war gut, selbst der eine oder andere Übelmeinende kam nicht umhin, dies, wenn auch nur sehr kurz, zu erwähnen.

Dass ich einen eigenen Roman im Eigenverlag publiziert hätte - das stand auch im Artikel und war natürlich ein Manko. So, als hätte ich zu Weihnachten selbst Plätzchen gebacken und sie auf dem Weihnachtsmarkt angeboten. Da konnte ich Erklärungen abgeben, so viel ich wollte, der Makel blieb.

Wahrheitsgemäß wies ich auf meine neunundfünfzig Jahre hin. Ein so fortgeschrittenes Alter, das es etwa dreißig Jahre über dem Normalalter für einen Debütanten liege. Im Bekanntenkreis hielt man mir daraufhin Alice Munro und Gudrun Pausewang vor, das wollte ich aber nicht gelten lassen. Ausnahmen bestätigen keine Regel.

Auch meinen Hinweis, dass ich keinen Lokalkrimi geschrieben hätte, der bei Lokalliteratur am erfolgreichsten und angesagtesten sei und deshalb manchmal von Verlagen angenommen werde, legten mir meine Bekannten als Ausflucht aus.

Zum Schluss der Diskussionen – man soll das stärkste Argument ja immer in der Argumentationskette am Ende präsentieren – trumpfte ich auf:

Auch Goethe und Schiller hätten in ihrer Sturm- und Drang-Zeit ihre ersten Texte im Eigenverlag veröffentlichen müssen. Und was aus der Geschichte geworden sei, das wisse ja wohl jeder hier in diesem Raum.

Meine Freundin Gitte, die ebenfalls Prosa schreibt, konnte sich daraufhin die Bemerkung nicht verkneifen:

„Von Sturm und Drang spüre ich bei dir, liebe Judy, eher weniger. Ich glaube vielmehr, dass du deine beste Zeit in diesem Leben bereits hinter dir hast."

Meine Freundin bezeichnet sich immer als ehrlich. Zu mir ist sie das auch.

Ich erwiderte ihr deshalb vor versammelter Mannschaft:

„Liebe Gitte, das kannst du denken, aber sagen kannst du sowas nicht."

Meine Verteidigung, die erstaunlicherweise nötig war, obwohl ich doch nichts Böses getan, sondern nur ein Buch veröffentlicht hatte - sie war bisher nicht sehr erfolgreich verlaufen.

Ich stand immer noch ziemlich begossen da. Von dem Ruhm, von meiner ausführlichen Erwähnung in der Heimatzeitung, war im Kreise meiner Freunde und Bekannten wenig übrig geblieben.

Ich versuchte es ein allerletztes Mal mit Argumenten, war mir aber fast sicher, dass eine andere Strategie erfolgversprechender sein würde.

„Nicht nur Goethe und Schiller waren auf Eigenverlag angewiesen. Elfriede Jelinek hat's auch getan.

Danach wurden die Angriffe zwar etwas milder, überdauerten aber versteckt.

„Und ihr", holte ich zum endgültigen Schlag aus, „ihr seid doch nicht mal in der Heimatzeitung erwähnt und habt noch gar kein Buch veröffentlicht."

Jetzt schwiegen sie alle, endlich.
Angriff ist immer die beste Verteidigung.

Ich gestehe

Was ich nicht zugegeben hatte, vor meinen Freunden und Bekannten: Mit einem anderen Projekt hatte ich es natürlich auch schon einmal versucht, in einem „richtigen" Verlag – so sagen meine Freunde immer, wenn sie mich mal wieder ärgern wollen – unterzukommen.

Vor einigen Monaten hatte ich einen Ratgeber beendet. Satirisch geschrieben, wie ein Sachbuch aufgezogen und von, wie ich fand, totlustigen Geschichten zur Veranschaulichung und Illustration begleitet. Ein ganz neuer Ansatz also. Zusammenbringen, was eigentlich nicht zusammengehört! Gleich mehrere völlig unterschiedliche Genres in einem Buch, etwas wirklich Neues, was der Buchmarkt ja sonst sucht. Darüber hinaus die literarische Umsetzung des kasuistischen Prinzips, des Fallprinzips (für den Leser, der den ersten Fachausdruck nicht kennen mag).

Ich sandte mein Exposé an fünf Verlage, nur die größten und renommiertesten. Das Werk war mit Sorgfalt geschrieben. Ging übers Wichtig-Machen und wie, mit welchen Strategien, man das erfolgreich ablaufen lassen kann. Damit hatte ich meines Erachtens ein weltumspannendes Thema aufgegriffen. Demgemäß gab ich in meiner Zielgruppenanalyse, die mein Exposé und die Leseprobe von achtzig Seiten begleitete, „die Menschheit" an. Es war mir, da bin ich mir heute noch sicher, die literarische Bearbeitung eines immer noch und immer wieder aktuellen Themas gelungen. Ich wartete auf die Angebote.

Nun – wer sich in dem Geschäft etwas auskennt, weiß, dass das Warten auf eine Verlagsantwort meist ein vergebliches Unterfangen ist. Höfliche Verlage bestätigen mit einer automatisierten Mail den Eingang, verweisen auf die drei- bis sechsmonatige Bearbeitungszeit, man werde sich melden, falls Interesse am eingesandten Werk sich (wider Erwarten - das schreiben sie aber nicht dazu!) entwickle. Im Falle meines satirischen Ratgebers erhielt ich eine automatisierte Eingangsbestätigungsmail, eine einzige, immerhin etwas. Ich blieb die nächsten sechs Monate natürlich gespannt wie ein Flitzebogen. Jeden Morgen eilte ich an meinen Computer, ob sich irgendetwas ergeben hätte. Jeden Morgen, um die übliche Zeit, saß ich auf glühenden Kohlen in meinem Wohnzimmer und wartete auf die Post. Nach fünf Monaten erreichte mich ein Schreiben. Absender: Renommierter, berühmter, altehrwürdiger, toller Verlag! Mit zitternden Fingern in zittriger Allgemeinerregung öffnete ich das lang ersehnte Dokument.

„… Wir haben Ihr Werk hier bei uns im Lektorat gründlich geprüft und besprochen. Wir müssen Ihnen leider mitteilen, dass Ihr Projekt nicht in unser Verlagsprogramm passt. Wir wünschen Ihnen mit Ihrem Text alles Gute und vor allem viel Erfolg!"

Ich war traurig. Natürlich. Aber dass dieser Verlag! das Wort an mich gerichtet hatte, darauf war ich denn doch mächtig stolz. Man hatte meinen Text im Lektorat gründlich diskutiert. Und das bei zweihundertfünfzig neu erscheinenden Büchern jeden Tag, denen sicherlich zweitausend jeden Tag geprüfte Projekte voranlaufen. Man muss sportlich sein. Ich war dabei gewesen.

Dabei sein ist alles!

Durchhalten

Man wird sich jetzt vielleicht fragen, warum ich nach dem – ich sag's mal ehrlich, Fiasko! – nicht aufgegeben habe.

Da kennt man Autoren aber schlecht!

Was einen Autor am meisten auszeichnen muss, ist Frustrationstoleranz und Geduld.

Man mag jetzt vielleicht im Stillen denken, wie's denn mit ein bisschen Talent wäre. Das wäre doch am wichtigsten. Völlig richtig! Nur erübrigt sich die Frage in meinem Falle.

Wie die meisten Autoren gebe ich bei Niederlagen nie auf! Ich lasse mich auch nicht von Sprüchen meiner Umgebung irritieren.

„Vielleicht schreibst du an den Zielgruppen, die du meinst, vorbei. Oder für dein Schreiben gibt's gar keine Zielgruppe, du bildest sie dir nur ein", sagte zum Beispiel Gitte zu mir.

Alter Neidhammel!

„Deine Sprache gefällt mir schon, aber deine Botschaft dahinter, die hab' ich nicht so ganz verstanden", meinte Cousine Dorothée.

Ich schreibe eben für das gehobene Segment! Ein bisschen Nachdenken und Entschlüsseln würde Dorothées Geist ein wenig aufhelfen!

„Wer schreibt, muss etwas zu sagen haben und erzählen können", bemerkte der Vorsitzende unseres Lesekreises.

Die Bemerkung hatte er doch geklaut!

Unterbelichteter Dussel!

„Du bist ein passiver Humorist", sagte meine Bekannte Anneliese, die auch versucht zu schreiben.

Ich schämte mich ein bisschen, dass ich den Begriff nicht kannte, wollte das nicht zugeben und fragte nicht nach. Inzwischen habe ich's rausgefunden!
Miststück!

Na ja, das waren so die Sachen, bevor ich mein erstes Buch veröffentlicht habe. Jetzt gehöre ich ganz offiziell zum Kreis der Autoren. Ich habe mir deshalb auch neue Visitenkarten drucken lassen. Sehen edel, bedeutend aus.

Judy Fall
Autorin
Schöne Literatur
Politthriller, Roman
Gegenwartsliteratur

Man muss etwas dabeihaben, wenn man zu Talkshows, literarischen Fernsehsendungen oder Politveranstaltungen eingeladen wird.

Mit der Kritik leben lernen

Vor der Veröffentlichung ist nicht – nach der Veröffentlichung.

„Ich bin gespannt, wie die Geschichte weitergehen wird. Das musst du uns unbedingt vorlesen, wenn du damit fertig bist", hatte Inge aus dem Lesekreis gesagt. Als ich sie nun darauf hinwies, dass die fertige Geschichte in meinem Buch veröffentlicht sei, sagte sie:

„Judy, bei Gelegenheit schau ich mal. Du kannst dir nicht vorstellen, wie viele Leute mich dauernd anquatschen, dass ich ihre Texte lesen soll. Da kommt man gar nicht nach."

„Ich finde das so toll, dass du schreibst. Was für ein wunderbares Hobby. Wenn du es mal in eine gedruckte Form gebracht hast, ich bin die erste, die dein Buch kauft", hatte Kusine Emily versprochen.

Als ich ihr nun per Mail mitteilte, dass aus dem Hobby eine Passion und aus den Blättern ein Buch geworden sei, antwortete sie nicht.

Vielleicht war sie knapp bei Kasse oder sah Leidenschaft als etwas Verabscheuungswürdiges an, weil sie unverheiratet ist.

Das Wagnis meiner ersten Veröffentlichung zeitigte völlig unerwartete Verwerfungen in meiner persönlichen Umgebung.

Entfernteste Bekannte sprachen mich auf der Straße an, hatten aufgrund des Zeitungsartikels ein bisschen etwas aus meinem Buch zusammengefasst bekommen. Fühlten sich deswegen in der Lage und in der Pflicht, das Geschriebene zu werten.

„Dass Sie an einer Stelle Knut Hamsun erwähnten, scheint mir doch eine recht bedenkliche Sache zu sein. Haben Sie die ganze Diskussion um ihn vielleicht nicht wahrgenommen? Ein schlimmes Versäumnis, das einem Autor eigentlich nicht unterlaufen sollte", meinte der ehrenamtliche Gemeindebibliothekshelfer vor dem Supermarkt zu mir.

„Die unbefriedigte ältere Frau, die Sie in Ihrem Roman beschreiben, darf man da ein bisschen was über Sie selbst herauslesen", fragte die Supermarktkassiererin. Als ich zurückfragte, wie Sie denn darauf komme, meinte sie, im der Heimatzeitung hätte doch so etwas gestanden, da wäre sie sich sicher.

Hannelore und Werner fühlten sich aufgerufen, auf die Charakterzeichnung meiner Hauptfigur einzugehen.

„Ich fand die Sprache ziemlich gestelzt, einfach unrealistisch. Da hättest du mehr drauf achten müssen."

Hatte ich diese Leute um eine Rückmeldung gebeten?

Sollte ich Hannelore auch nahelegen, ihr Parfum zu wechseln, der schwüle Duft passe so gar nicht zu ihrem ältlichen Aussehen?

Oder hätte ich die Verkäuferin auf ihre wasserstoffblonden Strohhaare, die so gar nicht mit ihrem blau-rötlichen Teint harmonierten, hinweisen sollen?

Wahrscheinlich offenbart man mit einem Buch etwas von sich selbst, eine Grenze, die sonst besteht, reißt man nieder.

Der Autor kommt Menschen zu nahe, so dass sie meinen, sie dürften ihm jetzt zu nahe treten. Aber „kommen" und „treten" ist nach allgemeinem Verständnis ein Unterschied.

Selbst mein alter Papa spendete nur zwiespältigen Trost.

„Kind, warum guckst du nicht mal in Buchbesprechungen von Literaturkritikern hinein? Ich hab dir einiges rauskopiert, was die geschrieben haben. Über Bestseller." Er reichte mir ein Blatt.

„Zum Heulen dämliche Sprache.

Dreister Fall von Leserverdoofung.

Naive Sprache.

Plump, gedankenschwach."

„Wenn du dich an die Öffentlichkeit begibst, ist das wie der Pranger im Mittelalter, Judy. Wer im Mittelalter am Pranger stand – wurde dazu gezwungen. Du hast es freiwillig getan, da musst du damit leben lernen. Hättest es ja auch lassen können. Nicht jeder, der Klavier spielen kann, muss Pianist werden."

Zuspruch sieht für mich anders aus.

Das Buch – ein Röntgenschirm

Mit der ersten Buchveröffentlichung ist es geradeso wie mit dem ersten Besuch beim Psychologen. Wer eben noch völlig gesund in der Straßenbahn saß, ist zwei Stunden später schon der Träger von mindestens drei psychischen Auffälligkeiten.

Hinter die imaginierten Kulissen eines Autors schauen zu wollen, dazu lädt ein Buch ein. Die Literaturwissenschaft nennt es ‚biographistische Lesart', Interpreten beleuchten die ‚autobiographischen Wurzeln' eines Textes. Welche Gefühle, Motive, Erlebnisse, dunklen Seiten hat der Autor hinter der Maske seiner Texte versteckt?

Geschieht das – oft fehlerhafte – Enträtseln in der Studierstube des Literaturkritikers oder im Deutschunterricht eines Gymnasiums – tangiert es den Autor ein bisschen oder gar nicht. Meistens ist er in solchen Fällen ohnehin schon verstorben. Wird jedoch in deiner Nachbarschaft von den dunklen sexuellen Seiten deines Titelhelden auf dich selbst geschlossen, werden die Kinder ins Haus gezogen, wenn der Krimiautor auf der Straße spazieren geht, weil die Mütter Angst vor seiner Mordlust haben – da hilft es nur, wenn der Schreiber auf der Habenseite Ruhm und Ehre verbuchen kann.

99,1735 Prozent aller Autoren bleiben erfolglos. Veröffentlichen will gut überlegt sein.

Pseudo

Pseudowelt, Pseudonym.

Bei meinem ersten Buch hatte ich drüber nachgedacht.

Warum?

Ich habe eine Nichte namens Britney. Der Name ist kein Zufall, ihr Vater, der Mann meiner verstorbenen Schwester, ist Amerikaner. Hält sich aber schon seit vielen Jahren nicht mehr in Deutschland auf, hat nur seine Tochter hier gelassen.

Als Britney mich eine Tages besuchte und ich ihr von meinem Roman berichtete und wie aufregend es sei, in meine imaginäre Welt zu flüchten, sagte sie:

„Tante Judy, hast du noch nie was vom ‚Second Life' gehört. Ich bin Bewohner da, Millionen andere auch, und wir chatten im ‚Metaversum', so nennt sich das, zusammen. Ist eine ganz tolle Sache, wenn's auch ein bisschen gefährlich ist. Man muss wirklich aufpassen, dass man nicht zu oft in die virtuelle Welt verschwindet."

Dann erzählte sie mir noch, welchen Namen sie dort hätte und wie schön es wäre, sich hinter einer zweiten Identität zu verstecken.

Ja, und da war ich auf die Idee mit dem Pseudonym gekommen. Hat etwas Faszinierendes, so richtig loszulegen, sich nicht verstecken zu müssen. Man kann sich positionieren, wird unter Umständen damit populär. Passt das den Leuten nicht, braucht es einen nicht zu kümmern. Es kennt dich ja niemand.

Ja, und wenn dein Buch kein Verkaufsschlager, sondern ein Flop wird – weiß ja keiner!

Ich schaute nach Wohlklingendem, ob ich berühmte Namensvettern oder Namenskusinen hätte, so dass man vielleicht durch Zufall auf mich stoßen würde - und ließ dann die Idee wieder fallen. Wie sollte man auf mich aufmerksam werden? Mein Pseudonym würde überhaupt niemand kennen, noch weniger als meinen eigenen Namen.

Ich hatte nämlich auf Millionen von Lesern gehofft, die in die Welt meines Buches verschwinden, mit mir in imaginären Räumen chatten und sich kaum wieder von meiner erzählten Welt würden losreißen können.

Ich hatte den Marketingplan vergessen.

Verkaufsstrategien

Mein Papa war selbständiger Tischlermeister. Er sagte immer:

„Wenn ich gute Stühle mache, spricht sich das rum. Ich brauch' keine Werbung."

Papas Ausspruch stammt aus den sechziger Jahren. Und wir, unsere ganze Familie von vier Personen, lebte damals einen ganzen Tag von einem guten Stuhl, den Papa verkauft hatte.

Papas Aussage ließ sich nicht unbedingt eins zu eins auf meine Situation übertragen.

Von einem verkauften Buch könnte ich als Einzelperson nur eine einzige Stunde eines einzigen Tages überleben. Die Bearbeitungszeit meines Produktes hingegen wäre etwa tausendfach erhöht. Zugegebenermaßen eine ungünstige Relation.

Trotzdem konnte ich aus Papas Aussage etwas lernen. Ich plante, für mein Projekt Mund-zu-Mund-Propaganda – und darauf aufbauend – eine Variante des Schneeballsystems einzusetzen.

Zunächst meine engste und engere Familie. Die konnten sowieso nicht entkommen, mussten auf jeden Fall mein Werk kaufen und empfehlen.

Als weitere Teilnehmer am System sah ich ausgewählte Bekannte vor.

Jeder Mensch hat, falls er im Arbeits- und Berufsprozess gestanden hat, etwa hundert Bekannte. Nicht alle sind einem gewogen, da muss man realistisch sein. Ich startete eine elektronische

Postwurfaktion. Die Stichprobe hielt ich klein, gezielte Nadelstiche, nichts Massenweises. Die Verknappung gibt einem Produkt immer einen Hauch von Exklusivität, das wollte ich für mich nutzen. Was die räumliche Verteilung der elektronischen Werbebriefe betraf, streute ich. Wenige alte Bekannte nah und fern.

Ich war gespannt auf die Feedbacks und, was für die Erfolgsmessung meines Geschäftssystems am wichtigsten war: Ich nahm regelmäßig Gelegenheit, die Umsatzentwicklung bei Amazon zu verfolgen.

Die war enttäuschend.

Was hatte ich falsch gemacht? Wo hakte mein Geschäftsmodell?

Natürlich! Ich hatte versäumt, Belohnungen fürs Lesen, den Kauf und die Empfehlung auszuloben. Das würde ich künftig zu beachten haben!

Ich versuchte zwar noch zu recherchieren, wo das System zusammengestürzt war. Aber das hatte weniger wirtschaftlich-berufliche als persönlich-private Gründe.

Hatte Kusine Emily nicht gekauft? Hatte Tante Olga sich gedrückt? Hatte Onkel Werner den Kauf nur erfunden und stattdessen bei Google Books gelesen? Warum sprachen alle nur über die Texte, die man beim „Blick ins Buch" bei Amazon unentgeltlich anschauen konnte? Trotz intensivster Bemühungen meinerseits war im Nachhinein die Aufklärung nicht zu erreichen.

Rückmeldungen auf meinen Roman erhielt ich wenige.

Einige der Schreiber äußerten sich begeistert. Das baute mich auf, gab mir Recht, mich der Öffentlichkeit zum Fraß vorgeworfen zu haben. Funkstille von anderen irritierte.

War mein Buch Mist?

Hatte ich jemanden beleidigt?

Hatten sich Leute in dem Buch wieder erkannt, die ich gar nicht gemeint hatte?

Dilemma

Einen Self-Publisher-Erstling, dazu noch Belletristik, zu verkaufen, ist schwer.

Schreiben und Verkaufen erfordern eine jeweils unterschiedliche Mentalität. Für Textproduktion muss man empfindsam sein, fürs Verkaufen schlau. Das alte Problem vom Angler (dem Autor), dem Köder (das Buch) und dem Fisch (dem Leser).

Viele Autoren, vermutlich die meisten, schreiben so, dass der Köder ihnen selbst schmeckt. Wenn's dann nicht so viele Leute auf der Welt gibt, die den gleichen Geschmack haben, bleibt allein schon deshalb das Buch in den Regalen.

Die Schwierigkeiten, ein Buch zu schreiben, das Verkaufschancen hat, sind demgemäß vielfältig.

Gibt es eine Zielgruppe für meinen Text?

Ist das gewählte Genre beliebt?

Erreicht man als Autor, vor allem als Self-Publisher-Autor, die ins Auge gefasste Zielgruppe überhaupt?

Ist der Autor auch ein guter Vermarkter?

Denn – was nützt es, wenn man mehr oder minder Gutes tut und wirbt nicht für das Produkt?

Übrig bleibt oft nur die Freude am eigenen Werk.

Ich blättere manchmal die bedruckten und gestalteten Seiten durch.

Das ist mein Buch! Ein erhabenes Gefühl!

Und wenn es auch nur eine Einzelanfertigung geblieben wäre, ich hätte dieses Gefühl nicht missen wollen.

Dass ich nicht viel Geld dafür hingeblättert habe, war ein schönes Detail, das den Genuss täglich erhöhte.

Der Fanclub

Jeder kennt lokale Autoren, die geliebt werden. Jedes neue Buch ist heiß ersehnt und gut verkauft. Solche Autoren gelten etwas, sind geachtete Persönlichkeiten bei Freunden, Bekannten, Nachbarn, im Landkreis.

Wer als lokaler Autor keine typisch lokale Literatur schreibt, hat ein Problem.

Lokale Literatur ist vor allem lokale Unterhaltungsliteratur. Allen voran Krimis. Die Gelehrten streiten darüber, warum heutige Leser sich so für Mord und Totschlag interessieren. Ob vielleicht der Mensch ein bestimmtes Maß an Gewalt braucht? Wenn die Zeiten friedlich sind, liest er eben Krimis?

Ein Self-Publisher, der das falsche Genre wählt, zum Beispiel Essays schreibt oder philosophische und politische Themen behandelt, sollte, wenn er in seiner Nachbarschaft und Umgebung Erfolg haben möchte, künftig davon Abstand nehmen.

„So Hochgestochenes verkauft sich bei uns nicht."

Von erfolgreichen Self-Publishern werden Lokalkrimis, Liebesromane, die zu einer Serie gehören und Historisches empfohlen.

Glaubt man, als Selbstverleger eigene Meinungen und Erkenntnisse zum Besten geben zu sollen, hat man den ‚Promi-Grundsatz' zu beachten.

Wer? Wie? Was? – Das Prinzip

Gehör und Beachtung finden im Lande vor allem diejenigen, die beim Wer? die Nase vorn haben. Leute, die bereits prominent sind, am besten solche, die schon jeder kennt.

Wenn dann noch ein bisschen am Wie? herumgepuzzelt wird – die Werbung ist bei der vorhandenen Popularität ja kein Problem - ist der Bucherfolg eigentlich schon geritzt.

Ob das, was der Promi schreibt, immer auch wichtig ist?

Sollten – vielleicht – auch „normale" Menschen eine Stimme haben?

Ein Plädoyer

Wer in London wohnt und meint, er habe etwas zu sagen, sei es zu Religion oder Politik oder was auch immer die Menschen interessieren mag – der holt sich eine Kiste und stellt sich in den Hyde-Park. Er hält eine Rede. Zwischen null und dreißig Zuhörer mögen sich mit seinen Gedanken beschäftigen. Was er erzählt, ist im besten Falle völlig neu, nicht durch andere Hände gegangen, kreativ, unangepasst. Er bezieht sich vielleicht auf eine aktuelle Situation, informiert zeitnah über Entwicklungen, die man so nicht einmal in der Zeitung gelesen hat. Seine Äußerungen sind engagiert, nicht geglättet, weich gespült und angepasst. Keine Schwarmkonversation. Wenn seine Zuhörer das, was er sagt, nicht mögen, wenn er zu klug daher redet, da kann es ihm passieren, dass er ausgebuht, vielleicht sogar mit Steinchen oder Dreck beworfen wird. Obwohl die Engländer ein höfliches Volk sind. Dort kommt das sicher selten vor.

Self-Publishing hat eine Menge davon.

Zunächst die Zahl der Leser. Sie ist – ohne dass ein ausgeklügelter Marketing-Plan realisiert wird – in etwa gleich. Null bis dreißig Bücher werden verkauft. Die Kosten für die Veröffentlichung sind heute nicht sehr viel höher als der Preis der Kiste, die der Hyde-Park-Redner benutzt. Die Unberühmten erhalten eine Stimme. Ihre Gedanken und Worte schwirren durchs Internet, ihre Texte verschwinden nie mehr, der Netz-Äther konserviert ihre Gedanken.

Menschen stoßen zufällig auf solch ein unberühmtes untotes Buch. So, wie die Besucher im Hyde-Park, die am Sonntag eben gerade zu jener Zeit an jener Stelle des Parks spazieren gehen und auf den Redner stoßen.

Vielleicht wird jemand, der wichtig ist, auf das Buch aufmerksam.
Glück muss man haben!

Glück oder Pech

Den letzten Satz könnte man für eine Ausrede halten. Vielleicht ist der Sprecher nur ein Nichtskönner, der sich für seine grottenschlechten Leistungen und die daraus resultierende Erfolglosigkeit entschuldigen will? Einer, der sich selbst und andere belügt?

Mangelnde Qualität kann, muss aber nicht die Ursache sein. Kunst und Kommerz, Können und künstlerischer Erfolg fielen in der Geschichte schon oft auseinander.

Als Mozart seine Oper „Die Entführung aus dem Serail" vorstellte, befand der Regent:

„Gewaltig viel Noten!" Und dann gähnte er auch noch am Ende.

„Zu lang."

Mozart erhielt keine Anstellung.

Spätere Nobelpreisträger wie William Golding legten ihr Manuskript unzählige Male vor – und wurden immer wieder abgelehnt.

Künstler zu sein ist eine Profession, die Bekennertum verlangt!

Wie es der Begriff „Profession" sagt!

Klar hat's auch etwas mit „professionell" zu tun.

In vielen Fällen ist sie verbunden mit niedrigem Einkommen, Misserfolgen am laufenden Band, dem Gegenteil von Ruhm und Ehre. Mozart, Schubert, Schopenhauer – all die wunderbaren Genies, die erst nach ihrem Tod geliebt und bewundert wurden!

Zu dem vorstehenden Kapitel sagte meine Testleserin Hilde:
„Judy, an die vielen, die viel weniger können, an die denkst du am besten aber auch."
Ok, ich werde überlegen, ob ich weiterschreiben will.

Wenn einer aufgibt, hat der nächste etwas bessere Chancen …

Die ersten Wochen

Zwei bis sechs Wochen dauert's, bis ein Buch lieferbar oder gelistet ist.

Ich wartete und ängstigte mich.

War das Buch voller Fehler, die ich übersehen hatte?

Nach zwei Wochen war das Buch erhältlich, zu vernünftigen Lieferzeiten, bei Amazon richtete ich den „Blick ins Buch" ein. Mein Werk und ich waren auf vier Seiten im Internet präsent. Überwältigend!

Meine Begeisterung für meinen Text schien aber kaum jemand zu teilen.

Warum trafen keine Glückwünsche ein?

Neue und alte Selbstzweifel überfielen mich.

War mein Buch miss- oder unverständlich?

Waren die Botschaften trivial, banal, fatal?

Hatte ich mich irgendwo zu weit vorgewagt?

Hatte ich vielleicht einfach nur – ein schlechtes Buch geschrieben?

Und so weiter und so weiter.

Glück sieht anders aus.

Tante Gerda erinnerte mich an mein ursprüngliches Ziel.

Meine Gedanken hatte ich in schöner Form zwischen Cover und Klappentext finden wollen.

Und das war doch erreicht.

Veränderungen

Eigentlich hatte ich mit meinem Roman die Welt ein Mikro-Mü verändern wollen. Die Veränderung fand zwar statt, allerdings nicht in der fernen, weiten Welt. Meine erste Buchveröffentlichung hatte meine unmittelbare Umwelt verändert – und mich selbst.

„Du schaffst das noch, einen stabilen Hochdruck zu erzeugen."

Dass ich als neuer Stern am Autorenhimmel jetzt auch noch das Wetter bedeutend verändern könne, hatte Papa nicht aussagen wollen. Er thematisierte vielmehr meinen instabilen Blutdruck.

Mir schnellten die Werte in bisher unbekannte Höhen davon. Zwei Effekte hatte das. Eine nie gekannte Schnelligkeit des Denkens verbunden mit erheblichen Herzschmerzen. Das Herzeleid hatte zwei Ursachen: den Überdruck und den Überdruss an meinem Verkaufsrang. Denn der hatte sich auf einem nicht mal normal-niedrigen Niveau eingependelt.

Ich nahm mir vor, mich abzuregen.
Der Blutdruck regulierte sich.

Gitte wird lesen

Gitte hatte mittlerweile nachgezogen und auch veröffentlicht.

Der alte Neidhammel hatte mir den Triumph nicht gönnen können, dass ich im Bekanntenkreis die einzige war, die ein Buch geschrieben hatte.

Ich nahm mir vor, sie bei Gelegenheit genauso vorzuführen und zu quälen, wie sie es getan hatte.

Unser Lesekreis traf sich, wie immer alle zwei Monate, um vier Uhr in der ‚Leserklause'. Wir hatten dem Wirt, einem uns befreundeten Philosophen, der keine Anstellung gefunden hatte, weil er für jeden Arbeitgeber aufgrund seiner überragenden Geistesgaben eine Bedrohung darstellte, empfohlen, unsere Vereinsstätte in „Schreiberklause" umzubenennen. Er hatte das unter Hinweis auf das schlechte Image von Autoren und die dahingegen bestehende Förderungswürdigkeit des Lesens rundheraus abgelehnt.

Gitte erschien erst um 16.15 Uhr, eine geschlagene Viertelstunde zu spät – und setzte damit einen ersten Kontrapunkt. Künstler sind unpünktlich. Gitte hatte es demgemäß nicht nötig, sich an vorgegebene Zeiten zu halten.

Das Künstlergehabe machte bei allen Anwesenden, außer natürlich bei mir, erheblichen Eindruck. Der Vorsitzende äußerte denn auch zur Eröffnung:

„Gitte, wir freuen uns sehr, dass du uns dazu ausersehen hast, als erste aus deinem Roman einen ersten Blick und ein erstes Hörerlebnis erhaschen zu dürfen. Wir sind sehr stolz darauf. Ich glaube, ich spreche im Namen aller Anwesenden, wenn ich dir dafür danke."

Hatte ich diesen Schleimerguss wirklich gehört? Was hatte diesen alten Zausel dazu bewogen, ein Buch, das er noch gar nicht kennen konnte, vor aller Ohren und in aller Namen so unterwürfig zu würdigen, während er meine Leseprobe mit einem abgegriffenen supergemeinen Geklaut-Zitat abgeschmettert hatte?

Als Gitte ihr Buch öffnete, auf den Einband hinwies, das Bändchen wie eine Trophäe hochhob und sich dann sammelte, um – so war bei ihrem egomanischen Bedeutsamkeitsgehabe zu vermuten – mit dem Deklamieren aus dem Büchlein anzufangen, schoss ich meinen Pfeil ab.

„Du hast noch gar nicht gesagt, in welchem Verlag dein Buch erschienen ist, Gitte. Das wäre doch interessant, das vorab zu wissen, nicht?"

Ich hatte erwartet, dass nun alle hämisch solidarisch grinsen würden. Aber nein! Der Vorsitzende besonders, aber auch alle anderen Anwesenden, schauten strafend in meine Richtung.

Warum wagte ich mit dieser Frage die Fähigkeiten dieser wunderbaren Autorin aus unseren Reihen zu hinterfragen?

Warum griff ich eine der unsrigen an?

Gitte hatte die Gedanken der Anwesenden schnell erfasst.

„Ich glaube, das tut nun aber gar nichts zur Sache. Es dient sicher nicht der Wahrheitsfindung. Zur Qualität meines Buches, meine ich. Jeder, der mein Buch kauft und liest, kann alles selbst herausfinden. Nicht wahr, Judy?"

Alle nickten zustimmend.

Diese Eröffnung verlangte mir höchste Hochachtung vor Gitte ab. Sie war schlau, hatte die richtige Strategie eingeschlagen.

Sich als Künstlerin, als bedeutende Persönlichkeit gegeben.

Eine unangenehme Frage umgedreht und umgeschmiedet, als Waffe eingesetzt.

Zum Schluss eine Werbebotschaft integriert, zum Verkauf des Produktes animiert.

Ich sandte verdeckt einen Glückwunsch in Gittes Richtung.

Gittes Produkt

Gitte räusperte sich diskret. War sie erkältet?

Sie blickte die Anwesenden an, schwieg. Aha, ihr Zeichen! Haltet endlich die Klappe! Das Schmiedchen will die Ansage machen.

Gittes missbilligender Blick in die Runde verfehlte nicht seine Wirkung. Sie nannte den Titel ihres Werkes: „Der Geburtstag."

Der Text begann mit der Einführung der Hauptfigur. Haarfarbe. Alter. Beruf. Lebensumstände. Warum schauten mich alle in der Runde plötzlich so durchdringend an? Je länger Gitte in der literarischen Einführung der Person voranschritt, desto mehr konnte ich mich des Eindrucks nicht erwehren, dass sie ein Buch über mich geschrieben hatte, dass ich zu ihrem Verkaufsprodukt mutiert war?

Als ich mich der Lösung des Rätsels nahe gekommen fühlte, brach Gitte ihre Leseprobe ab. Guter Verkaufstrick. Geheimnis andeuten und vor der Lösung abbrechen, auch in dem ach so geliebten Freundeskreis. Fünf Exemplare waren ihr heute sicher. Jeder in der Runde wollte wissen, ob sie mich fertiggemacht hatte. Ich auch. Ich kaufte ihr Buch und ließ sie eine Widmung hineinschreiben.

„Für meine allerliebste Freundin Judy.
Viel Vergnügen beim Lesen.
In Verbundenheit und Liebe,
Gitte"

Was hatte Gitte richtig gemacht, was ich falsch gemacht hatte?

Gittes Vorstellung, die Präsentation ihres ersten Buches in unserem Lesekreis war, ich musste das neidvoll feststellen, ein voller Erfolg gewesen. Sie hatte fünf Bücher verkauft, ihrer Karriere als Schriftstellerin bereits beim ersten Auftritt einen kräftigen Schubs gegeben. Und das, indem sie mich herumgeschubst hatte.

Konnte ich von ihr lernen?

Gitte wurde vermutlich nicht für das geliebt, was sie schrieb. Ihre Leseprobe hatte mich - vom künstlerischen Standpunkt aus - nicht vom Stuhl gerissen. Die verwendete Sprache, der Sprachstil, allzu plakativ und gewohnt-gewöhnlich. Von Klischees nur so wimmelnd.

Ich gebe allerdings zu, dass ich Partei und befangen bin. Da ist mein Urteil mit besonderer Vorsicht zu genießen.

Als wir das Vereinslokal verlassen hatten, äußerten sich aber auch alle anderen, obwohl sie sämtlich das Buch gekauft hatten, in gleichlautendem Sinne.

„Ist das Papier nicht wert, auf dem es geschrieben ist", war Werners vernichtende Kritik.

„Richtiger Mist", hielt Inge ihre Kritik kurz und bündig.

„So langweilig geschrieben, dass ich nach zehn Minuten fast eingeschlafen bin", sagte Günter, der Vereinsvorsitzende, als dritter, nachdem er am Anfang so unendlich geschleimt hatte.

„Gitte kann nicht schreiben, und zu erzählen hat sie auch nichts", stimmte Hannelore in den Chor der Schmäher ein.

Schimpfen ist eben eine Ehre. Geschimpft-Werden wird dagegen als Schande empfunden.

„Wenn wir andern Ehre geben, müssen wir uns selbst entadeln", sagte Goethe einst zu dem Thema.

Ich hatte von dem Nachmittag nicht wirklich profitiert. Aus Gittes Auftritt waren keine nützlichen Erkenntnisse für mich abzuleiten.

Günters Beißhemmung

Nachdem sich alle Lesekreisler – außer Gitte, die noch zum Beruhigungsschlückchen beim Philosophen sitzen geblieben war – auf dem Parkplatz verabschiedet hatten und auch Günter in seinem Auto abdampfen wollte, hielt ich ihn am Ärmel fest. Ich wollte ihn zur Rede stellen.

„Kannst du mir dein Verhalten mal erklären?", fragte ich.

Er tat unwissend.

„Entschuldige, was meinst du, Judy?"

„Erklär' mir zunächst mal, warum du Gitte vor der Lesung in den grünen Klee lobst und mich hast du vor einigen Wochen in vorauseilender Gemeinheit runtergeputzt. Das meine ich."

„Mein Gott, Judy. Ich wollte sie durch Loben ein bisschen aufbauen. Was glaubst du, von welchen Selbstzweifeln sie geplagt ist?"

„Ach so, und mich kannst du kleinmachen und beleidigen?"

„Ja. Weil du starrköpfig bist und nichts von dem annimmst, was wir sagen. Hältst dich wohl für wen! Damit forderst du uns heraus, dir mal ein bisschen was am Zeug zu flicken."

„Nennst du das Freundschaft, lieber Günter?"

„Nein. Freundschaft gibt es unter Autoren nicht, das ist doch sowieso klar. Denk mal an den winzigen lokalen Buchmarkt, den wir abgrasen. Wenn ich deine Texte lobe und du hast den Mut, dich auf der Woge meiner Würdigung zu Lesungen zu entschließen – da nimmst du mir doch Leser weg, die sich unter Umständen für mein Buch entscheiden würden. So einfach ist das."

„Also zunächst mal, soweit ich weiß, hast du bisher gar kein Buch geschrieben. Da tut dir meins doch gar nicht weh."

„Judy, dass ich noch keins veröffentlicht habe, heißt doch nicht, dass ich das nicht irgendwann beabsichtigen könnte. Und in der Zukunft trifft das Gesagte ja genauso zu. Wenn ich auf dem lokalen Buchmarkt nur schwache Autoren neben mir versammeln kann – denk nach! Da wird doch mein Licht umso heller erscheinen. Starke Autoren musst du vermeiden, die vermasseln einem die Konkurrenz."

„Weißt du, was ich über dich denke? Du bist ein richtiges Charakter..." Ich zögerte.

„Sprich's ruhig aus, Judy. Charakterschwein. Stimmt. Aber Schweine sind die wirklichen Könige unter den Tieren, viel intelligenter als die Löwen. Nur die Affen sind noch schlauer. Und da kannst du dir von Gitte ein bisschen was abgucken. Hast du gesehen, wie sie sich gespreizt hat? Mit ihrem Künstlergehabe? Das macht einfach Eindruck, die Welt will belogen sein. Wenn du überzeugend spielst, dass du wer Bedeutendes bist, da glaubt dir zumindest ein Viertel der Menschheit das. Das muss man als Autor auch lernen. Glaub nicht, dass nur das Produkt zählt. An der Leistung liegt's oft gar nicht."

„Und wenn ich Gitte jetzt mal sage, was du wirklich denkst? Wie du ihren Text vor den anderen verrissen hast? Wie gemein ihr alle seid, wenn sie nicht mehr zuhört?"

„Meine liebe Judy. Ich kenne dich, das wirst du Gitte nicht antun, auch wenn sie deine Freundin jetzt vielleicht die längste Zeit gewesen ist. Aber glaub nur ja nicht, dass ich dein feines Getue nicht verstanden hab. Wie du die Kritik immer schön verpackst. Ich hab' mir alles ganz genau behalten, was du jemals über meine Texte gesagt hast. Was du mit großer Zielgruppe für meinen Text gemeint hast. Und wenn du zu Gitte sagst, ihre Texte wären gut verständlich, dann meinst du genau dasselbe damit. Dass unsere Texte kein Niveau haben, das willst du damit sagen! Dass wir für die Masse schreiben! Du hast mich noch nie täuschen können, und die anderen auch nicht, merk' dir das!"

Dass Günter mich so ernst nahm, wie er es jetzt durch seine Wut offenbarte, das machte mich echt stolz. Wut muss man sich ja verdienen, freundliche Gleichgültigkeit gibt's halt umsonst.

Als er sich abrupt und mit viel Körpereinsatz umdrehte, offensichtlich wutschnaubend abzischen wollte, legte ich ihm die Hand auf die Schulter. Günter ist alleinstehend und den Frauen zugeneigt.

Die Geste zeigte etwas Wirkung. Ich lächelte ihn an. Günter ist fünfundsechzig, da verfängt das

Lächeln einer Neunundfünfzigjährigen noch ein bisschen.

„Also, Günter, wir sind uns doch einig. Natürlich haben deine Texte Qualität, das weiß ich. Wenn ich mich missverständlich ausgedrückt habe, dann möchte ich das hiermit klarstellen."

Ob er vielleicht seinen Verriss jetzt auch zurücknahm?

Weit gefehlt! Er lächelte.

„Ich freue mich, dass du das richtig gestellt hast. Ich habe ja auch von anderer Seite viel Zuspruch erfahren, nur, um das mal klarzumachen."

Erhob die Hand zum Gruße, stieg in sein Auto und dampfte ab. Sein Auspuff sandte schwarzbraune Qualmwolken in die Landschaft.

Ok, Günter ist Vorsitzender im Lesekreis. Vielleicht kann er mir noch nützen.

Die zweigeteilte Welt

Es war seit meiner und Gittes erster Veröffentlichung schon einige Zeit vergangen.

Die letzten Wochen hatten unser beider Leben fundamental verändert.

Mir war meine Umwelt, die Welt, in zwei Bereiche zerfallen. Auf der einen Seite meine Feinde, auf der anderen Seite meine Freunde. Wer Freund und wer Feind war, bestimmte nur ein Merkmal. Freunde kauften mein Buch, Feinde nicht.

Die zugegebenermaßen etwas simple Unterteilung in Schwarz und Weiß wies bei genauerer Betrachtung einige Facetten auf.

Da waren die sehr guten Freunde, die mein Buch gekauft, gelobt und weiterverschenkt hatten.

Da waren die guten Freunde, die das Buch gekauft, etwas gelobt und vielleicht weiterempfohlen hatten.

Und die Freunde, die das Buch gekauft hatten oder dies zumindest behaupteten.

Die Schar meiner Feinde war erheblich zahlreicher.

Meine schlimmsten Feinde jene engen und entfernten Bekannten, die ostentativ keinen entsprechenden Kaufakt getätigt hatten. Dazu zählten auch Großkusinen, Großtanten, Großonkel dritten und vierten Grades, die so taten, als hätten sie von meiner Buchveröffentlichung keine

Kenntnis genommen. Gingen scheinheilig darüber hinweg und rechneten insgeheim darauf, dass meine allseits bekannte Bescheidenheit einen ausdrücklichen Hinweis auf den Titel verhindern würde.

Die Kategorie ‚schlimme Feinde' unterschied sich für mich nicht von den ‚Feinden'.

Es waren alle Menschen, die von meiner Publikation Kenntnis hatten oder haben konnten – und trotzdem nicht kauften.

Der schon erwähnte Hochdruck war bei dieser als misslich wahrgenommenen Situation unvermeidlich gewesen.

Die Betrachtung meiner engsten Umgebung verlief auch nicht vorteilhafter.

Ich hatte meine einzige, mir wirklich nahestehende Freundin Gitte verloren, wir hatten seit dem Treffen in der ‚Leserklause' nicht telefoniert, nicht gemailt und uns nicht getroffen. Mein persönliches Umfeld enthielt weder Hund, Katze, Vogel, Fisch noch Ehemann. Als enger Kontakt war mir letztlich nur mein alter Papa geblieben.

Und der meinte:
„Judy, du spinnst."

Wie bei der Erdbeerschwemme

„Schau mal", sagte Papa, „dass du schlecht verkaufen kannst, überrascht mich nicht."

Musste ich beleidigt sein?

„Wenn im Frühsommer das Wetter super ist", fuhr er fort, „herrliche Sonne, ab und zu nachts mal Regen, dann gibt es viel Erdbeeren. Bei den Wetterbedingungen sind sie von einer super Qualität, schmecken herrlich. Aber den Erdbeerbauern freut das nicht wirklich.

Wenn du bei solch tollem Wetter zum Wochenmarkt gehst, sinken die Preise von Mittwoch zu Mittwoch, obwohl es lange nicht so herrliche Früchte gegeben hat. Ich kannte einen Erdbeerbauern, der hat in solchen Jahren gar nicht mehr pflücken lassen, das lohnte sich nicht."

„Ja und?", fragte ich.

Papa ist alt und zunehmend langatmig.

„Autoren haben heute die besten Bedingungen. Sie produzieren wie wild, weil das Veröffentlichen leichter geworden ist. Auch weil die Konkurrenz so groß ist, gibt es wunderbare Texte, natürlich auch jede Menge Schrott. Es herrscht eben Textschwemme. Und da könntest du das tollste Buch schreiben, Judy, die Chance, dass man gut verkauft, ist so groß wie für den Erdbeerbauern ein anständiger Preis für die Erdbeeren in Zeiten einer Erdbeerschwemme. Und eigentlich ist es bei Büchern noch problematischer als bei den Erdbeeren."

„Warum?", wollte ich wissen.

„Die meisten Menschen seit Anbeginn der Erdbeer-Produktion essen Erdbeeren gern. Da hat sich nichts geändert. Aber Bücher-Lesen, das nimmt doch immer mehr ab. Obwohl's die Leute nach meiner Meinung heute nötiger denn je hätten."

Ich erinnerte mich an meine Kindheit.

Wie Mama jeden Abend vorgelesen hatte. Wie Papa Sachbücher nur so verschlang. Obwohl er nicht die Gelegenheit zur höheren Schulbildung und zum Studium gehabt hatte, war er belesen. Und hatte sich zu fast allen Dingen ein Urteil gebildet, das ich abrufen konnte. Heute haben zwei von drei Menschen in Deutschland eine Form von Abitur, aber nur noch jeder zehnte will ein Buch mitnehmen, wenn es ihn auf eine einsame Insel verschlägt. Immer mehr Buch-Produzenten schlagen sich um immer weniger Buch-Konsumenten. Ein Käufer-Markt an Stelle eines Anbieter-Markts!

„Du würdest nicht weiter schreiben, Papa, stimmt's,?"

„Ich bestimmt nicht, ich lese, aber ich schreibe nicht gern. Und ich habe auch immer nur Stühle gemacht, wenn sie bestellt waren und mir nicht in der Werkstatt rumstanden, weil niemand sie haben wollte. Ein Buch für niemand, oder sagen wir nahezu niemand – nein, das grenzt ein bisschen an Masochismus, liebe Judy.

Aber ihr Verrückten, die ihr fast süchtig nach Schreiben seid – – ihr macht doch sowieso immer weiter, da kann man euch sagen, was man will."

Warum schreibt man?

Der Reiz eigener, immer wieder neuer Pseudowelten, in der der Autor seine Figuren wie Marionetten tanzen lässt, der geschaffenen Welt Sinn und Schönheit verleiht.

Erkenntnisse? Man hat Gedanken gewälzt, man glaubt, etwas durchschaut zu haben - man möchte sich der Welt mitteilen, die Gedanken sollen diskutiert werden. Versteckte Missionsarbeit, Gefahr der Leservertreibung!

Selbstverwirklichung? Klar, aber problembehaftet. Leser und Zuhörer sehen dem Autor nur begrenzt gern dabei zu.

Geld verdienen? Bei mir hat's bis jetzt nicht geklappt. Gottseidank kann man als schriftstellernder Self-Publisher seine Kosten und Verluste von der Steuer absetzen.

Hannelore, eine Bekannte von mir, offenbarte mir vor einiger Zeit noch ein weiteres Motiv.

„Weißt du was, wenn ich nicht in den Computer tippen würde, wie Werner mir auf die Nerven geht und wie ich ihn hasse, ich glaube, ich wäre ihm schon mehrmals an die Gurgel gegangen."

Schreiben zum Stressabbau also und zur Verhinderung von Körperverletzung oder sogar Mord.

Ich überlegte, zu welcher Kategorie ich selbst zu zählen sei, fand aber so schnell keine vollständige Antwort.

Sadismus und Masochismus: Die Beziehung zwischen Autor und Leser

Wichtig sein – das will wohl jeder.
Sich wichtigmachen – das muss also sein.

Die Analyse meiner eigenen Schreibmotive und der Lesemotive meiner möglichen Leser stürzte mich aufgrund der Sachlage der Dinge in tagelange tiefe Verzweiflung. Da gab es doch einen Widerspruch!

Der Autor mährt sich auf zweihundert, dreihundert Seiten aus. Der Leser muss lesen. Der Autor spreizt sich mit seinen Gedanken, der Leser muss sich mit diesen fremden Gedanken beschäftigen. Wie gern würde er rufen:

„Halt! Ich bin auch da! Ich will auch mal was sagen! Ich bin völlig anderer Meinung!"

Und das Allerschlimmste: Für diese Tortur, für diesen Sadismus des Autors, soll der Leser auch noch bezahlen!

Trotzdem – Millionen Bücher werden gekauft und vermutlich auch gelesen.

Es gibt also einige Tricks.

Ausschlaggebend für die Überwindung der Kaufhemmung ist nach meiner Meinung die Person des Autors. Er sollte so berühmt wie möglich sein: ein VIP, a „very important person", ein sehr wichtiger Zeitgenosse. Was der denkt und schreibt, das muss ich wissen. Ich kaufe.

Was auch geht, ist das Schreiben *über* eine berühmte Person. Vor allem, wenn man den Promi in Grund und Boden schreibt, ihn sozusagen vernichtet.

Mobbing ist beliebt, auch in Büchern! *Über* Promis etwas erzählt zu bekommen ist, so glaube ich, sogar oft beliebter als etwas *von* ihnen erzählt zu bekommen.

„Kind", sagte Tante Dietlinde zu mir, als ich diese Gedanken vor ihr ausbreitete, „deine Meinung ist nach meiner Erfahrung häufig unmaßgeblich."

Was meinte sie mit ‚unmaßgeblich'?

An zweiter Stelle erst steht das Buch selbst.

Wer erfolgreich sein will, sollte den richtigen Inhalt auswählen: Crime oder Sex. Erotische Bücher zu schreiben, wird aber auch immer schwerer, weil es kaum noch Tabus gibt. Da muss man sich anstrengen.

Oder man informiert sich als Autor genau, welche Trends ‚in' sind. Wenn man den Trend früh genug erwischt, entsprechende Inhalte bedient, da kann man sich auf die Erfolgswelle draufsetzen, lässt sich mittreiben und schwimmt in die angesagte Richtung.

Wer hohe Verkaufszahlen anstrebt, muss freizeitgemäße Unterhaltungsliteratur schreiben, weil nicht bei der Arbeit, im Büro, auf der Großbaustelle oder im Finanzamt, sondern eben in der Freizeit gelesen wird. Lustig. Spannend. Ablenkend, so müssen die Bücher sein!

Anspruchsvolle oder ernste Literatur hat's schwer.

Zunächst einmal: Oft bildet sich ein Autor, der so etwas verfasst hat, nur ein, dass er etwas Anspruchsvolles geschrieben hat.

Und darüber hinaus: Der Leser hat bezahlt. Will er sich für sein Geld in seiner Freizeit anstrengen, nachdenken, Botschaften entschlüsseln oder sich gar belehren lassen?

Self-Publisher-Autoren, die sich das Schreiben von E(rnster) Literatur in den Kopf gesetzt haben, müssen sich sehr warm anziehen.

Wenn's ein Selbstverleger trotzdem tut, braucht er Schopenhauer, den berühmten Philosophen. Der fand sich schon zu seinen Lebzeiten toll, war von seinem Geist überzeugt, bei seinen Büchern aber leider auf andere Menschen angewiesen. Da reichte seine Selbsteinschätzung allein nicht aus. Weiterschreiben war Masochismus. Nach fast zweihundert Jahren finden die meisten ihn toll. Postum.

Aber da hat er ja nun nichts mehr davon.

Arthur fragen

Wenn Sie sich zu den – nach Ihrer Meinung – nicht genug gewürdigten Menschen auf diesem Planeten zählen, dann lesen und zitieren Sie ihn: Arthur Schopenhauer!

Wenn Sie sich als Autor gegen – nach Ihrer Meinung – ungerechtfertigte Verrisse, harsche oder gemäßigte Kritik zur Wehr setzen wollen, dann lesen und zitieren Sie ihn auch!

Auf Kritiker einzuhauen, ist mit Arthur leicht.

Die Gegenwehr erfolgt mit dem Florett, nicht dem Holzhammer, ist also elegant, so wie es Ihrer Natur entspricht. Dass nicht jeder Sie und sie verstehen wird, muss wegen der Eleganz in Kauf genommen werden.

Geeignet für Freunde, die Sie und Ihr Buch nicht (genügend) gewürdigt haben
„Wenn auch allen (meinen) Mitlebenden der Neid die Lippen zudrückt, so werden doch solche kommen, die ohne Liebe und Hass (mir) ... gerecht werden. ... (D)ie Kunst des Unterdrückens der Verdienste durch hämisches Schweigen und Ignorieren, um, zugunsten des Schlechten, das Gute dem Publiko zu verbergen, (war und ist) üblich."

Wer nicht viele Freunde hat, sollte von der Verwendung des Zitats absehen.

Für Literatur-Kritiker*²** ***und Rezensenten, die Sie nicht gelobt oder verrissen haben
„Ein Buch ist ein Spiegel.
Schaut ein Affe hinein,
schaut kein Apostel heraus."

Geeignet für's finale Spätwerk.

Ich selbst musste die Zitate noch ein wenig in der Schublade ruhen lassen. Ich hatte ein spätes Frühwerk vorgelegt, da waren sie nicht so empfehlenswert.

Leser-, Publikums- und Wählerbeschimpfung ist ohnehin ein zweischneidiges Schwert.

---

² Literaturkritiker nehmen sich Texte von Self-Publishern allerdings erst vor und diese ernst, wenn der Autor super erfolgreich ist.

Ein Anruf, der ein Leben verändert

An einem Donnerstag war's, neun Wochen, nachdem mein erstes Buch und fünf Wochen, nachdem Gittes erstes Buch erschienen war.

Ich hatte mich schon fürs Bett fertig gemacht, Zähne geputzt und so weiter.

„Judy Fall", meldete ich mich, obwohl ich die Nummer im Display kannte.

„Hallo Judy. Hier ist Gitte."

Welche Überraschung, dachte ich. Was wird denn ihr Anliegen sein, dass sie so spät und überhaupt anruft?

„Du hast ja schon ein bisschen mehr Erfahrung im Buchgeschäft, Judy. Ich wollte deinen Rat bezüglich möglicher Lesungen einholen. Du hast sicher schon einige hinter dir."

„Nein", entgegnete ich.

„Das darf doch wohl nicht wahr sein! Das stimmt doch gar nicht, Judy! Wie willst du sonst deine Bücher verkaufen?"

„Ich will's wie mein Papa mit den Stühlen machen, liebe Gitte."

„Was soll denn das schon wieder heißen? Sprich mal Klartext!"

„Den Klartext haben wir wohl dir in den letzten Wochen überlassen, Gitte."

„Mein Gott, sei doch nicht so empfindlich und nachtragend! Und sprich gefälligst nicht so gespreizt, um dein Niveau vor mir zu zelebrieren! Wenn ich mich ein bisschen vorgewagt habe und dir dabei auf die Zehen getreten bin, ja, ok. Du kannst das doch nachvollziehen, wenn man sein Buch verkaufen will. Da kämpft man halt mit etwas härteren Bandagen."

„Ich nicht."

„Sitz nicht auf einem so hohen Ross, Judy. Das kannst du dir gar nicht leisten. Ich will gar nicht fragen, wie viele Bücher du bis heute verkauft hast."

„Dann tu es doch bitte nicht, Gitte!"

Sie schnaubte etwas. Pferd-ähnlich.

„Mit einer Kombination aus Beleidigt-Sein und Überheblichkeit kommst du nicht weiter, und ich auch nicht. Also was, Judy?"

„Ja, liebe Gitte, was ist denn deine Frage oder dein Wunsch an mich?", fragte ich, betont und gedehnt.

Einen Augenblick schwieg sie. Dann rang sie sich durch.

„Ich habe bei zwei Buchhandlungen und im Gartencenter nachgefragt. Die wollen mich nicht lesen lassen. Ich kam mir vor wie ein zerlumpter Bettler. Das neue Lumpenproletariat. Es war schrecklich."

„Da hast du meine Antwort, warum ich es bisher nicht mit Lesungen versucht habe. Das will ich mir in meinem Alter nicht geben."

„Wollen wir es dann nicht zusammen machen? Dann haben wir vielleicht mehr Akzeptanz und weniger Angst."

Darauf fehlten mir einen Augenblick die Worte.

„Was sagst du, Judy? Was hältst du davon?"

„Ich muss erst mal nachdenken, Gitte. Dein Vorschlag ist etwas überraschend für mich."

„Du hast zwei Tage Bedenkzeit. Wenn du dich bis dahin nicht erklärt hast, mache ich es mit Günter."

Dass sie es mit Günter machen wollte, war sehr erstaunlich für mich.

Hatte der ein Buch geschrieben?

Gitte und Günter lesen gemeinsam

Ich habe mir im Leben immer genug Zeit zum Überlegen gelassen. Überleben durch Überlegen – das war von jeher meine Devise.

Wer einwenden möchte, dass ich dabei auch manchen Fehler gemacht habe, hat Recht.

Zu lange überlegt, ob ich publizieren will. Zu alt geworden.

Zu lange überlegt, ob ich mich scheiden lassen will. Zwei Mal zwanzig Jahre vergeigt.

Zu lange überlegt, ob ich weniger Kuchen essen soll. Zehn Kilo zu viel auf den Rippen.

Die Kette ließe sich fortsetzen.

Aber soll ich hier meine Niederlagen alle ausbreiten?

Ich hatte mich bei Gitte nach ihrem Anruf nicht mehr gemeldet. Das ging mir viel zu schnell, spontan, unüberlegt. Das ist so nicht meine Sache.

Zu ihrer Lesung erschien ich trotzdem.

Gitte hatte ein Plakat gemalt.

Das hing draußen an der Tür zur Leserklause und hatte schon etwas Regen abgekriegt.

Gitte und Günter, in Großbuchstaben. Klang für mich wie Pat und Patachon. Oder Dick und Doof. Fand ich wenig glücklich.

Dass zwei ältere Menschen von über fünfzig, im Falle von Günter über fünfundsechzig, nur ihren Vornamen angeben und damit jedem das

Du anbieten – auch das fand ich gewöhnungsbedürftig. Ich hätte da Bedenken um die Distanz.

Bei den wenigen Leuten, die der Einladung zur kostenlosen Lesung gefolgt waren, brauchten die beiden Vorleser auf Distanz aber gar nicht zu achten.

Fünf Leute aus dem Lesekreis inklusive meiner Person, der Philosoph als Wirt oder umgekehrt, seine junge Freundin, die Frau von der Heimatzeitung und zwei Biertrinker, die sich in den Extra-Raum rechts von der Gaststube verirrt zu haben schienen. Die neun Personen verteilten sich weiträumig in dem auf fünfzig Personen ausgelegten Raum.

Gitte sah schick aus, begrüßte die „vielen Gäste".

War sie blind? Konnte sie nicht mehr zählen?

Was Gitte und Günter, Günter und Gitte dann zum Besten gaben, war wirklich nicht schlecht. Sie konnten durchaus schreiben, hatten etwas zu erzählen.

Der Lesekreis gratulierte beiden Debütanten nach Ende der Lesung in geschlossener Aufstellung, hatte die einzelnen Darbietungen mit tosendem Applaus bedacht, soweit das aufgrund der Zahl möglich war. Der Philosoph benahm sich als wohlwollender Freund mit der Freundin im Arm, die Reporterin von der Heimatzeitung schoss ein Foto. Die beiden Biertrinker waren nach Gittes ersten drei Sätzen in die linker Hand gelegene Gaststube verschwunden.

Gitte und Günter waren zufrieden.

Sie hatten jeder ein Buch an den Philosophen verkauft. Er würde es seiner Freundin ausleihen. Die Heimatzeitung würde einen Artikel schreiben, Gitte und Günter waren mit mir gleichgezogen.

Ein weiterer winziger Schubs für die Karriere war geschafft.

Ich hatte heute weder in Bad Mustermannshausen noch in der weiten Welt ein Buch verkauft.

Kunst und Gunst

Wir Schreiber kennen uns meistens gut mit Sprache aus, wir lieben sie und erweisen ihr unsere Gunst. Wir spüren Wurzeln von Wörtern nach, verwenden Wortspiele, rhetorische Figuren und so weiter und so weiter. Sind also insgesamt ein völlig aus der Zeit gefallener und merkwürdiger Menschenschlag.

Der Kampf um Sprache und Botschaft ist ein Kräfte-zehrender, Zeit-raubender, Problem-generierender Kampf nach innen. Der Kampf des Autors nach außen – in einem sozialdarwinistischen? Self-Publisher-Buchmarkt, wo von den angenommen 75000 Schreibenden nur die Fittesten überleben – ist noch härter.

g.g.g. – drei G-Punkte

Dass Geiz geil ist – weiß man nicht erst seit der TV-Werbung. Wir sind zu einer Nation von Schnäppchenjägern mutiert. Wenn die Produzenten für ihre Ware (fast) nichts bekommen, weil Geiz ja so geil ist – hat das seinen Preis.

Zum Beispiel beim Schweinefleisch. Da werden die intelligenten Schweine in einen dunklen kleinen Stall eingesperrt, ihnen wird früh der Garaus gemacht, damit man die armen Tiere als minderwertige Wurst oder billigen Schinken verramschen kann.

Nun ja, der durchschnittliche Gewinn von Self-Publishern soll fünfzig Euro monatlich betragen …

Gibt man in der Suchmaschine das Stichwort „Kostenlose Literatur" ein – man wird staunen, wie viele Seiten erscheinen.

Geistig gratis geil?

„Es ist gerade, als ob jemand, dem ich eine für ihn wichtige Nachricht zu schreiben hätte, verlangen wollte, dass ich auch noch den Brief frankierte", klagte schon der alte Schopenhauer.

Gut – seine Botschaften waren nach heutigem Verständnis aber auch wirklich der Knaller…

Autoren, die keinen Verlag für sich suchten oder fanden und deshalb allein, ohne Unterstützung, in der Landschaft des Buchmarktes herumgeistern, sind von der Kostenlos-Manie besonders betroffen. Jeder in ihrer Umgebung hofft – wenn er sich schon mit dem Inhalt beschäftigen soll, den ein Unberühmter geschrieben hat – ein kostenfreies Exemplar zu erhalten.

„Du hast doch den ganzen Keller voll davon!"

Nein, der Selbstverleger braucht heute keine Mindestauflage mehr abzunehmen – wenn er den richtigen Self-Publishing-Verlag gewählt hat. Er kauft seine Exemplare, zu günstigeren Konditionen, aber für normale Währung, nicht mit Monopoly-Geld …

Hatte ich nach meinen Analysen immer noch das Bild von Günter Grass oder Siegfried Lenz auf Lesetour im Kopf?

Eher nicht.

Der *Selbst*verleger hat es *selbst*verständlich viel schwerer, die Gunst des Publikums zu erlangen! Auch, wenn er im Internet fast so präsent ist wie die Großen. Aber suchen, das wird ihn die Leser – eher weniger.

Dass den Self-Publishern eines Tages die Zukunft gehören wird?

Ich für meinen Teil schau dann mal.

Bis dahin wird es wohl öfters mal wehtun, Geschriebenes zu veröffentlichen.

Ein Mensch, der etwas tut, was weh tut, ist ein Tor, ein Dummkopf.

Wenn er es öfter tut, sogar ein großer Dummkopf?

Ein Auhtor?

Neue Ideen

Oft braucht es eines Anstoßes von außen, damit man sich aus dem Sumpf des eigenen Denkens und der eigenen Einbildungen am Schopf wieder herausziehen kann. Soll das Neue sinnvoll sein, muss man das Alte aber erst einmal analysieren.

Seit elf Wochen – seit elf Wochen war mein Buch auf dem Markt! – befand ich mich in einer Art Lethargie, Erstarrung, Agonie.

Die Umsatzzahlen auf Amazon waren unbefriedigend.

Wegen fehlender Kompetenz in der Nutzung sozialer Netzwerke würde sich dieser Zustand nicht ändern.

In den Buchhandlungen rund um Bad Mustermannshausen waren einundvierzig Exemplare verkauft worden.

Vor Lesungen scheute ich aufgrund von Öffentlichkeitsscheu zurück.

Ich konnte - vielleicht? - ganz ordentlich schreiben, war aber eben ein mehr als lausiger Verkäufer.

Über diese misslichen Zustände hinaus hatte es statt der erwarteten Lobeshymnenbriefe und Ehrenmails Vorwürfe gehagelt.

Tante Olga schrieb:
Dass du dich nicht schämst, mich vor allen Verwandten und Bekannten als Nerv-tötendes,

Quatsch-sabbelndes Untier zu beschreiben, das verzeihe ich dir nie!"

Ich musste sogar Nachporto für ihren Brief zahlen, weil sie absichtlich nur eine Fünf-Cent-Marke auf den Brief geklebt hatte.

Onkel Hugo sandte eine erboste Mail.

„Dass du mich in deinem Roman so eins-zu-eins beschrieben hast und dabei den Touch ins Unsympathische für richtig hieltest, werde ich mir merken. Dass du in deinem Text in Zweifel ziehst, ob dieser Figur, die mein Gesicht, meinen Körper und meine Gewänder trägt, die Manneskraft fehlt - das allerdings, liebste Judy, wird Konsequenzen haben."

Jetzt hatte ich mir auch noch den Anteil an seinem Erbe, den ich erhofft hatte, verscherzt. Und mein Buch lief so schlecht, da war dieser Verlust besonders bitter.

Ein mir bis dato unbekannter Bewohner unserer Kleinstadt hatte irgendwie meine Mailadresse herausgefunden.

Er sandte mir seine Beurteilung. Sie verwarf mein Buch völlig. Begleitet war der Verriss von einigen hirnrissigen Verbesserungsvorschlägen und dem Ansinnen, ich möge mich bei der zweiten Auflage des Werkes an ihn wenden, damit er es lektorieren könne. Mit seiner Hilfe sei eine Umschreibung leicht möglich und der Erfolg dann auch gesichert.

Ich schrieb zurück:

„Sie talentfreier Esel, Sie.

Soll ich mich bei Ihnen entschuldigen, dass ich ein Buch geschrieben habe? Was qualifiziert Sie, mein Buch zu kritisieren? Haben Sie jemals etwas anderes veröffentlicht als Ihr Geburtsdatum oder einen Leserbrief zur Bürgermeisterwahl? Was glauben Sie, wer Sie sind? Sperren Sie die Ohren auf! Sie sind ein wild gewordener Hund, der den Mond ankläfft. Was kümmert es den Mond?"

Ich hatte Dampf abgelassen beim Schreiben. Schickte die Antwortmail aber natürlich nicht ab.

Mein Seelenzustand war verzweifelt.

Da konnte Rettung nur von außen kommen.

An einem Sonntag nach zwölf Wochen rief Gitte an.

„Judy? Warum meldest du dich nicht?"

„Hallo Gitte. Meinst du – gerade, oder überhaupt?"

„Beides", antwortete sie.

„Ich hatte mir alles ein bisschen anders vorgestellt", erwiderte ich.

„Deshalb rufe ich an. Ich auch."

„Wollen wir uns jetzt gegenseitig trösten, nachdem du erst Front gegen mich gemacht hast, Gitte?"

„Wär' nicht das schlechteste. Du hast doch alles völlig falsch verstanden. Ich habe wirklich nur ein paar kleine Züge von dir in meinem Buch beschrieben. Es handelt nicht von dir, das würde sich auch gar nicht lohnen, und so was Gemeines würde ich nie tun. Du bist doch meine beste Freundin."

Das war ja mal ganz was Neues.

Was hatte Gitte vor?

„Also, die Kooperation mit Günter, die ist nicht so erfolgreich, wie ich gehofft habe. Günter hat eben schon ein gewisses Alter. Die Leute interessieren sich deshalb nicht so für ihn."

„Spielen die sieben Jahre, die du jünger bist als er, Gitte, denn wirklich eine Rolle?"

„Na ja, also, wie gesagt, mit Günter und mir. Unser Duo Gitte und Günter, da sieht's ziemlich traurig aus. Ich denke, aller guten Dinge sind drei, nicht zwei. Ich könnte mir vorstellen, dass „Gitte, Günter und Judy" besser zieht."

„Wie bist du zu der Reihenfolge gekommen?"

Gitte zögerte ein bisschen. Ich konnte ihr Gehirn malmen, rotieren, knacken hören.

„Ja, das ist doch die alphabetische Ordnung. Ich komme zuerst, dann Günter. Der ist ja auch der Vorsitzende unseres Lesekreises, nebenbei bemerkt, und auch der Älteste. Ja, und du bist die letzte. Im Alphabet, meine ich."

„Und was stellst du dir, was stellt ihr beiden euch denn so vor?"

„Wir wollen Lesungen zusammen machen, zu dritt. Jeder bringt dann schon mal seine eigenen Fans mit. Das füllt den Raum sofort ein bisschen auf und kommt gut. Erst lesen wir noch mal beim Philosophen, dann wollen wir alle Kneipen, Cafés, Restaurants, Baumärkte und Gartencenter im

Umkreis von dreißig Kilometern anschreiben und auf Lesereise gehen. Was hältst du davon?"

„So schnell kann ich das nicht beantworten, Gitte. Aber …"

Gitte unterbrach mich harsch.

„Wenn du glaubst, du kannst wieder zicken, dann bist du raus aus der Sache, das merk dir! Ich rufe dich in zwei Tagen noch einmal an, du meldest dich ja sowieso nie. Und dann sagst du entweder zu oder die Sache ist ein für alle Mal gegessen."

Gitte wartete meine Antwort nicht ab.

Sie hatte aufgelegt und ich war aufgeregt.

Würde es mir, bei einem Auftritt zu dritt, leichter fallen, die Scheu vor dem Publikum zu überwinden? Es wäre auch viel weniger peinlich, wenn nur vier Zuhörer kommen würden. Man könnte untereinander, im Autoren-Trio, Späße darüber machen. War gar keine so schlechte Idee.

Am nächsten Morgen klingelte wieder das Telefon. Wollte Gitte vorzeitig Bescheid wissen?

Nein, Britney war dran.

„Hallo, Tante Judy. Na, wie fühlt man sich als Autorin?"

Sollte ich jammern?

„Ganz gut. Man freut sich, dass man seinen Gedanken in ästhetischer Form wiederbegegnet."

„Sei doch nicht so bescheiden, Tante Judy. Dein Buch ist doch klasse. Hat mich sogar angeregt, selbst unter die Autoren zu gehen."

„Davon hattest du mir ja gar nichts erzählt."

„Du kennst mich doch, Tantchen. Ich bin total spontan. Ich hab ein Booklet mit Twitteratur – das ist ganz kurze Literatur mit höchstens 140 Zeichen – herausgegeben. Das meiste ist von mir, hab aber auch ein paar Freunde mit reingenommen. Meistens Leute, die ich im Metaversum kennen gelernt habe. Wir sind schon ziemlich viel losgeworden. Hab über Facebook und die anderen Netzwerke drauf aufmerksam gemacht."

„Bist du böse, wenn ich frage, wie viele Exemplare ihr schon verkauft habt?"

„Willst du die Wahrheit wissen, oder das, was ich nach außen kommuniziere, Tante Judy."

„Aber Kind, man sagt doch immer die Wahrheit."

„Nee, ganz und gar nicht.

,Fake is Fun', das ist unser Wahlspruch.

Ich gebe total an, sage jedem, ich hätte schon tausend Exemplare verkauft. Was die einen toll fanden, das wollen die nächsten auch haben. Und Rezensionen faken wir auch, dass die Fetzen fliegen. Die Welt will betrogen sein, glaub mir! So geht Verkaufen, Tante Judy."

„Findest du nicht, Veröffentlichen verdirbt auf diese Weise den Charakter? Wenn man so lügt?"

„Nochmal nee. Veröffentlichen mit Verstand, mit Köpfchen. Das ist die Devise. Wem tut das denn weh, wenn ich falsche Absatzzahlen in die Welt setze? Niemandem."

„Na ja", sage ich, „ich kenne mich mit den sozialen Netzwerken ja sowieso nicht aus. Ich bin halt ein bisschen altmodisch."

„Tante Judy, du hast dich zu viel in dein Schreiberschneckenhaus zurückgezogen. Da saß man früher. Heute musst du trommeln, auf dich aufmerksam machen. Wenn niemand etwas davon weiß, da kann man so gut sein, wie man will, da kauft keine Sau etwas von dir."

„Vielleicht kannst du mich ein bisschen anleiten. Dann schaffe ich es vielleicht auch besser."

„Klar, ich komme nächste Woche mal zu dir. Da zeig ich dir ein bisschen was."

„Hättest du vielleicht Lust, mit deiner Twitteratur an einer Lesung teilzunehmen, Britney? Ist zwar alles ein wenig altmodisch, aber vielleicht macht es dir doch Spaß."

„Wann?"

„Ich rufe dich an. Muss mich noch mit meiner Freundin Gitte absprechen. Die schreibt auch."

„Prima. Freu' mich, Tante Judy. Darf ich noch einen Scherz machen?"

„Leg los!"

„Ein neues Sprichwort, das mir grad eingefallen ist, bitte nicht beleidigt sein.

‚Sei einsam und bescheiden, dann kann dich keiner leiden'.

Bis dann, Tante Judy."

Gitte und Günter, Britney und Judy

Ich hatte Gitte und Günter überzeugt, dass man mehr erreichen könne, wenn man Jugend und neue Genres integriert. Dann hatte ich Britney erwähnt. Eine Menge Überredungskunst war nötig gewesen, um die beiden von der magischen Drei wegzubringen. Am Ende hatte ich sie so weit. Aller guten Dinge sind vier!

Das Plakat hatten wir laminieren lassen, da konnte Regen kommen, so viel wollte. Gitte hatte im Vorfeld darauf bestanden, dass sie durch das Programm führen müsse. Eine Begründung gab sie nicht, Günter und ich hatten keine Lust zum Streiten. Gitte war zwar gänzlich ungeeignet für diese Aufgabe, fühlte sich aber dazu berufen. Britney hielt die Moderation für verzichtbar und sowieso für einen alten Zopf.

Ich war eine halbe Stunde früher zur Leserklause gefahren. Hatte beim Philosophen zum Einstimmen und Locker-Werden noch einen Schoppen Pfälzer getrunken.

„Vielleicht kommen heute Abend ein paar mehr Leute als letztes Mal bei Gitte und Günter", sagte er.

„Das Durchschnittsalter der Autoren ist heute durch Britney ja erheblich gesenkt, könnte sein", erwiderte ich.

Um 18.45 Uhr, eine viertel Stunde vor Beginn um 19.00 Uhr, kamen Gitte und Günter. Ohne Begleitung, aber zusammen. Mit den Fans sah es also bei uns dreien ziemlich mau aus. Auch die anderen Mitglieder aus dem Lesekreis ließen sich nicht sehen. Einiges hatten sie eben schon zwei Mal gehört, da lässt die Lust am Vorgelesenen etwas nach.

„Bis jetzt hat sich noch niemand drüben blicken lassen", sagte Gitte.

Um fünf Minuten vor sieben kam Britney in die Gaststube.

„Da seid ihr ja! Kommt, drüben ist es rappelvoll."

„Will deine Nichte uns vergackeiern?", fragte Günter.

Gitte warf mir einen strafenden Blick zu. Wen hatte ich ihnen denn da ins Nest gesetzt?

Der Nebenraum war wirklich – rappelvoll. „Flashmob", erklärte Britney lachend.

Lauter junge Leute, junge Frauen, junge Männer, vier Kleinkinder, ein Baby an der Mutterbrust, einige Nerds, intellektuell Aussehende, Lang- und Kurzhaarige, mit und ohne Bart. Ein buntes Völkchen keiner spezifischen Couleur. Alle Stühle waren besetzt, also mussten es mehr als fünfzig Leute sein.

Ich dankte Gott und Gitte, dass ich die Moderation nicht machen musste.

Ob Gitte in der Lage sein würde, ihr aufgeblasen-bildungsbürgerliches Geschwafel auf das Alter der Zuhörer abzustellen?

„Hi", sagte sie.

„Wir sind von eurer Zahl überwältigt. Wir werden alle unser Bestes geben. Britney, übernimmst du dann?"

Bravourös, Gittes Rücktritt. Hätte sie nicht besser machen können, dachte ich.

Eine echt steile Eröffnung.

„Lully, kommst du nach vorne? Spiel mal vorher was zu Gittes Text ‚Der Geburtstag'. So zur Einstimmung, ja?", moderierte Britney, die Moderieren nun offensichtlich, seit sie es selbst übernommen hatte, doch nicht mehr für verzichtbar hielt.

Lully stand auf, nahm seine Gitarre und stapfte nach vorn, wo durch Platz-Machen eine Bühne angedeutet war. Dorthin stiefelte auch Gitte zurück – in ihrem kurzen Rock und den Overknees, die sie für den heutigen Abend ausgewählt hatte. Der Philosoph verschwand in der Gaststube und holte zwei Stühle. Gitte und Lully nahmen Platz.

Lully begann mit dem Kinderlied ‚Zum Geburtstag viel Glück'. Zwei Kinderlied-Takte, dann rockig. Gefiel mir sehr gut. Und Lully gefiel mir auch.

Lully und Judy, Judy und Lully, dachte ich.

Gitte verkaufte sich bestens. Hatte eine lustige Szene, nicht zu lang, ausgewählt. Einen Dialog zwischen der Hauptfigur – die mir nun wirklich nicht mehr ähnelte – und einem Maler. Sie modulierte ihre Stimme perfekt, war echt gut. Musste ich zugeben. Sie bekam viel Beifall. Lully spielte wieder „Zum Geburtstag viel Glück", dieses Mal nur rockig. Gitte ging zurück zu ihrem Platz.

Günters Part war auch nicht schlecht.

Ein Mann, der erst im hohen Alter den Mut hat, seine Homosexualität einzugestehen und mit seinem Freund aus Kindertagen seine letzten Monate verbringt. Auf Musik hatte er verzichtet.

Günter hatte mit Feingefühl entschieden, der Verzicht war richtig gewesen. Nachdem er geendet hatte, war es erst einmal still. Dann wieder viel Beifall. Günter schaute sich freudestrahlend um, während er zu seinem Platz zurückging.

Kontrastprogramm.

Britney stellte ihre schreibenden Twitteratur-Freunde namentlich vor, die vier erhoben sich. Standen da, stumm, wie zur Salzsäule erstarrt, eine ganze Weile. Britney bat, erst am Schluss zu applaudieren. Die Beiträge seien jeweils kurz. Man müsse die Zeit zum Nachdenken nutzen.

140 Zeichen für die ganze Welt?

„Er liebte sich
und dann sie."
Nummer eins.

„Die Mahlzeit
wird uns beiden
hoffentlich bekommen",
sagte der Kannibale zum Essen.
Nummer zwei.

„Ich schlage vor,
damit du dieses Buch liest.
Wenn du es gelesen hast,
schlage ich nach."
Nummer drei.

„Marilyn Monroe –
Alice Munro"
Nummer vier.

Ich war verwirrt, beeindruckt, etwas amüsiert, insgesamt schwer begeistert.

Lully spielte „Lustig und traurig" von Beethoven.

Ich stand als letzte auf dem Plakat an der Eingangstür. Ich war als letzte dran.

Ich ging zur Bühne und zu Lully, flüsterte ihm zu, er möge mich bei meiner Darbietung begleiten, er solle sitzen bleiben.

„Kannst du ‚Those were the days' spielen?", fragte ich ihn. Er nickte. Ich setzte mich auf meinen Stuhl vorne und wartete.

Ob die Melodie auch bei den Zuhörern eine Sehnsucht nach der Vergangenheit hervorrufen würde?

Ich hatte für die Lesung etwas Neues geschrieben. Einen kurzen Text über meinen uralten Papa und wie er mit Liebe sein ganzes Leben lang darauf geachtet hatte, schöne Stühle zu machen. Wie er gefeilt, geschmirgelt, geglättet, getönt und gefärbt hatte. Wie stolz er am Ende auf seine Arbeit, sein Werk war und dass ihm dieser Stolz auf seine Leistung bis zum heutigen Tag Zufriedenheit bescherte und ihn durch die Zeiten trug.

Ob's die Hommage an meinen Papa und die darin deutlich werdende Liebe war?

Ob's meine Huldigung für sein Arbeitsethos war, die in meiner Geschichte deutlich geworden war?

Ob's die Vergangenheit war, die ich in meiner Geschichte hervorgeholt und besungen hatte?

Erst waren die jungen Leute eine Weile still, dann applaudierten sie, – tosend, hätte Gitte gesagt – Lully und die Mutter mit dem Baby riefen sogar „Bravo".

Ich ging glücklich zurück zu meinem Platz.

Manöverkritik

Nach der Lesung setzten wir vier Autoren uns noch mit Lully beim Philosophen in die Gaststube. Hatten uns ein Glas redlich verdient.

Wir waren euphorisch.

Als wir am Tisch im Eckchen saßen, sagte Britney:

„Alle waren richtig beeindruckt von euch. Haben ganze Lobeshymnen auf euch gesungen."

Das ging uns natürlich runter wie Öl.

„Und du warst besonders putzig", sagte Lully. Meinte er mich? Er schaute mich an.

„Tante Judy, ich darf dich doch so nennen, alle haben gesagt, dein Text war ein Stück Erinnerungskultur."

Oh je, das tat weh! Nix mit Lully und Judy, Judy und Lully. Ich war gerade auf das Niveau eines Antikenmuseums herabgesunken.

„Das war vor allem ein Text über die Liebe. Eine Facette der Liebe, die mit Sex mal endlich nicht das Geringste zu tun hatte. Elternliebe ist für uns Junge ein Tabuthema. Obwohl die meisten von uns sie in sich tragen, wir sie aber noch nicht wahrhaben wollen. Weil wir uns noch nicht freigeschwommen haben', fügte er hinzu.

„Und was haben eure Freunde über unsere Texte gesagt", fragte Gitte spitz.

„Das Thema ‚Wichtig-Machen' in deinem Beitrag, das fanden die auch wichtig, aber die junge Generation macht das natürlich ein bisschen anders als ihr. Und dein Text, Günter, den haben die meisten als sehr autobiographisch wahrgenommen. Ist das so?"

Günter, der schon immer und nach wie vor den Frauenhelden gibt, verlor jegliche Farbe. Dafür war Gitte rot angelaufen.

„Aber zurück zu dir, Tante Judy", setzte Lully seine Gedanken fort und ließ keine Pause aufkommen.

„Was unsere Freunde auch so putzig fanden, war die Einstellung zur Arbeit, die dein Vater hatte und die du so zeitdehnend beschrieben hast – und niemanden hat das gelangweilt, das war das Erstaunliche."

Ich hätte gern etwas entgegnet. Aber mir fehlten die Worte.

„Lully hat gedacht, man könnte vielleicht zu dritt auf Tournee gehen, wo alles so erfolgreich war. Lully hat nämlich Betriebswirtschaft studiert, der kennt sich im Business aus. Der kann nicht nur Gitarre spielen."

Gitte und Günter blickten gequält, ich bestimmt auch. Wer war gemeint?

„Lully hatte die Idee, unser Trio ‚Lully, Britney und Tante Judy' zu nennen. Er meint, so eine Kombination, das wäre, wie wenn man im Kino einen alten James Bond mit Sean Connery zeigt und dann danach einen mit Daniel Craig laufen lässt. Dann erkennen die Leute den Unterschied."

Nun war es also heraus.

Gitte und Günter waren abgesäbelt, ich sollte im Panoptikum als Fossil ausgestellt werden. So wie vor hundert Jahren der Affe auf der Bühne, wenn die ersten Stummfilme fürs versammelte Publikum über die Leinwand flimmerten. Lully, der Gitarrist, würde auf jedem Plakat als erster stehen, das war vermutlich weder hinterfragbar noch verhandelbar. Helene Fischer ist im Fernsehen ja auch mehr präsent als Tanja Kinkel. Ich war die letzte. Dafür gab es sicher Gründe.

Als ich schon fast „Nein" antworten wollte, sagte Britney:

„Tante Judy, die alte Welt mit ihrer Langsamkeit, mit ihrem Verweilen, mit ihrem Schmirgeln und Schleifen, das hat mich berührt. Falls du zusagst, werde ich mich in Zukunft mit Gedichten beschäftigen. Gefühle und Zeit sind etwas sehr Schönes, das hast du mir heute bewiesen. Und dafür bin ich, dafür waren alle sehr dankbar."

Lully, Britney und ich hatten über unserer Unterhaltung Gitte und Günter fast vergessen. Gitte und Günter haben sich in der Statistenrolle aber noch nie wohl gefühlt. Und so wollte Günter auch noch was sagen. Da er Lully ganz offensichtlich – wie wir anderen auch – als den Starken wahrgenommen hatte, verband er seine Bemerkung mit einem kräftig-kriecherischen Kniefall.

„Man merkt Ihren Ausführungen an, dass Sie etwas vom Literatur-Business verstehen. Und der heutige Abend spricht ja Bände, wie erfolgreich Sie Ihre Kompetenzen umzusetzen wissen."

Britney zuckte etwas zusammen. Den Flashmob hatte sie doch organisiert! Lully gab sich bescheiden.

„Nun, Britney hat gut vorgearbeitet. Aber es bedarf bei professioneller Ausführung natürlich immer einer professionellen übergeordneten Organisation."

Mann, war ich froh, dass Lully mich ‚Tante Judy' nannte!

Der wahrnehmungsgestörte Günter setzte aber noch einen drauf.

„Ich könnte mir vorstellen, dass unsere Lesekreismitglieder von Ihren Erfahrungen im Literatur-Business profitieren könnten. Ich muss das zwar noch endgültig abklären, aber würden Sie denn unter Umständen Zeit finden können, im Lesekreis einen Vortrag über Ihre Erfahrungen zu halten? Was das Honorar betrifft, wären wir durchaus flexibel. Die Vereinskasse weist einen deutlichen Überschuss auf, der geradezu nach einem angemessenen Zweck schreit."

Gitte sah aus, als würde sie gleich losschreien.

„Ich habe meine Termine momentan nicht im Zugriff", sagte Lully.

„Ruf doch an, Günter, ich werde es sicher einrichten können."

Er zog einen zerknitterten Zettel aus seiner Hosentasche, schrieb seine Telefonnummer darauf. Eine schöne Visitenkarte hatte er noch nicht.

Ich musste über meine Zusage noch nachdenken. Überleben durch Überlegen.

Lully trägt vor

Erster Teil
Günter, der sich seit unserer Lesung als wissenschaftlicher Fundierungsfanatiker gab, hatte jedes Lesekreismitglied angerufen. Behauptete er. Alle anderen hätte bereits ihre Zustimmung zur außerordentlichen Versammlung gegeben, bei der Lully seine Vortragsreihe beginnen sollte. Mir war's recht.

Die Vorträge, die Günter vereinbart hatte, sollten jeden zweiten Sonntag um zwölf Uhr beim Philosophen in der Leserklause stattfinden. Lokaler statt internationaler Frühschoppen also. Der Philosoph verlangte keine Saalmiete. Sicherlich hoffte er, einige Mittagsmahlzeiten zu verkaufen.

Vorne war kein Stuhl. Lully würde also wohl stehend oder herumgehend seinen Vortrag halten.

Lully kam um 11.59 Uhr. Immerhin pünktlich, wenn auch knapp. Er hatte sein Styling völlig verändert. War quasi über Nacht im Bürgertum angekommen, bereit zum Einmarsch in die Institutionen.

Seine langen Haare hatte er zum Pferdeschwanz gebunden, trug ein dunkles Hemd, vorne offen, dunklen Blazer und Armani-Jeans mit Nike-Sneakern.

Er begrüßte jedes Lesekreismitglied per Handschlag und übergab seine Visitenkarte.

„Lully Lümmelmann
Self-Publisher-Berater (SPB)
Musikbegleitung, Literaturevents"

Ich beugte mich zu Britney, die neben mir saß, hinüber.

„Warum hat Lully denn seinen akademischen Grad nicht angegeben? Klappern gehört doch zum Handwerk. Wenn er als wissenschaftlich ausgebildeter Berater einsteigen will, gehört das meines Erachtens dazu", flüsterte ich.

„Er macht nächste Woche erst seine Zwischenprüfung", sagte Britney und schaute geradeaus.

Ich meine es immer gut mit anderen Menschen, vor allem Britney liegt mir am Herzen. Deshalb ließ ich mich nicht so schnell abspeisen. Manchmal muss man bei Nichten oder Neffen dem Glück oder Verstand etwas nachhelfen.

„Ist Lully ein Spitzname, Britney?", fragte ich.

Als sie nicht sofort antwortete, fügte ich hinzu: „Ich finde ‚Lully' als Namen nämlich ein bisschen unsolide für einen Berater, der als wissenschaftlich arbeitend gelten will, nicht wahr?"

Britney drehte sich zu mir um und funkelte mich an.

„Halt endlich mal die Klappe, Tante Judy", zischte sie.

Die heutige Jugend hat wirklich keine Manieren mehr!

Ich würde in der Pause weiter nachfragen.

Lullys Vortrag startete interessant. Im ersten Teil wolle er eine Analyse der Buchlandschaft im Allgemeinen und der Self-Publishing-Landschaft im Besonderen liefern, kündigte er an. Nach der Pause sei ein Eingehen auf Marketingstrategien intendiert. Das war kurz, prägnant, didaktisch geschickt und zielgruppenspezifisch.

„Dem Self-Publishing gehört die Zukunft", begann er.

„Kleine dezentrale Units, kurze Wege vom Autor zum fertigen Produkt, zeitnahe Berichterstattung, aktuelle Erzählungen, äußerste Gestaltungsfreiheit, keine Schwarmliteratur."

Zwischenapplaus brandete auf.

„Verschlankte Organisation, niedrige Fixkosten, Preisvorteile. Effektivität und Ökonomie."

Zustimmendes Kopfnicken.

Er führte einige Beispiele an.

Als die fünfzehn Minuten erreicht waren, fing ich an abzuschweifen. Meine Aufmerksamkeitsspanne ist nicht länger, da kann ich nichts machen.

Als sich alle erhoben, fand ich in die Gegenwart zurück. Ich ging hinter Britney her. Ich hatte meine Fragen und Anmerkungen nicht vergessen.

Alle standen nun um Lully herum. Günter rechts neben ihm, die Runde überlegen musternd. Er hatte Lully eingeladen! Er trug dazu bei, dass endlich das Niveau der Reflexion und kritischen Auseinandersetzung mit dem Wirklichkeitsbereich, der uns alle betraf, gefördert wurde.

„Ist ‚Lully' dein richtiger Name oder ein Spitzname?", fragte ich in die erhabene Stille.

Wenn Blicke töten könnten!

Wieder hatte ich mich zum absoluten Außenseiter gemacht! So eine unverschämte Frage! Britney stieß mich in die Seite. Lully entschuldigte sich und verließ den Raum. Wollte wohl die Toilette aufsuchen.

„Was ist denn nun mit dem Namen, Britney", wiederholte ich meine Frage.

„Tante Judy, das ist bei Lully ein ganz heißes Eisen. Der wurde früher immer wegen seines Vornamens und seines Nachnamens geärgert."

„Ja, wie heißt er denn wirklich?"

„Ludovicus.

Den Namen hat er seinen Eltern bis heute nicht verziehen. Steht immer noch auf Kriegsfuß mit ihnen, obwohl er die beiden alten Leutchen nach meinem Eindruck liebt. Aber er hat sich einfach noch nicht freigeschwommen."

„Ich find Ludovicus eigentlich besser als Lully, ehrlich gesagt."

„Lully und ich haben dich dazu aber nicht befragt, Tante Judy", gab Britney wütend zurück.

„Ja, und was ist mit ‚Lümmelmann'? Man kann einen Nachnamen doch ändern, wenn man erwachsen ist."

Ich lasse mich nicht so schnell abspeisen und abwimmeln, das haben schon andere vergeblich versucht.

„Zu ‚Lümmelmann' steht Lully heute. Ist eher ein Markenzeichen, ein Versprechen von ihm", lachte Britney.

„Und kein hohles, versichere ich dir, Tante Judy."

Mit diesen Worten drehte sie sich um und verschwand. Wollte wohl die Toilette aufsuchen.

Ich fand Britneys Bemerkung deplatziert. Sie weiß ganz genau, dass ich seit einem Jahr geschieden bin. Und da ist die ganze Thematik bei mir ein bisschen stressbesetzt. Ich ging zurück auf meinen Platz. Da konnte ich jetzt auch noch meine Butterstulle essen, die ich mir mitgebracht hatte.

Zweiter Teil

Alles saß wieder auf den Plätzen, alle sechs aus dem Lesekreis, Britney und der Philosoph, ohne seine Freundin, insgesamt acht Leute.

„Marketing-Strategien", begann Lully, „sind für Self-Publisher das Wichtigste.

Es nützt nichts, wenn das Produkt klasse ist, aber das Marketing scheiße."

Krass ausgedrückt.

Zwischenapplaus.

„Allerdings", schränkte er ein, „macht es auch keinen Sinn, wenn das Marketing klasse und das Produkt scheiße ist. Deshalb macht die Hinzuziehung eines SPB für den Self-Publisher absolut Sinn. Er kann dem Autor Grundlagen liefern.

Welche Themen, welche Arten von Literatur sind gerade ‚in'?

Welche Trends sind zu beachten?

Welches sind die ‚Man-nehme-Zutaten', die ein Buch zum Erfolg werden lassen? Das alles steuert der SPB bei. Er arbeitet nah am Erzeuger, die kurzen Wege mit all ihren Vorteilen, wie sie im ersten Teil des Vortrages erläutert wurden, bleiben erhalten. Der SPB ist meistens preisgünstig. Natürlich nur der SPB, der mit seinem Unternehmen gerade erst an den Markt geht. Die Kosten für ihn können darüber hinaus minimal gehalten werden, wenn der Self-Publisher eine langfristige Zusammenarbeit vereinbart."

Ich sandte einen verfrühten Glückwunsch in Lullys Richtung. Er war noch nicht fertig.

„Es gibt für den Self-Publisher einige Strategien, die er zu beachten hat. Erfolg hat der Self-Publisher nur dann, wenn er am Anfang bereit ist zu investieren. Was bedeutet das konkret?"

Lully schaute sich in der Runde um, fixierte den einen oder anderen, nahm Augenkontakt auf, stellte Beziehungen her.

„Der Self-Publisher kauft einen genau kalkulierten Grundstock von Exemplaren seines Buches. Einflussreiche Meinungsführer in seiner Umgebung beschenkt er mit seinem Buch. Allerdings ist diese Schenkung immer mit einer bindenden Auflage, einer Nebendingung verbunden: Der Beschenkte muss in der Folge wenigstens ein Exemplar des Buches kaufen und mit der gleichen Nebenbedingung weiter verschenken. Alternativ, wenn er sich weigert, selbst das Buch zu lesen, darf er auch sein eigenes geschenktes Exemplar weiterreichen, wobei natürlich vorausgesetzt wird, dass es sich noch in neuwertigem Zustand befindet. Hat der Erst-Beschenkte zum Beispiel das Exemplar in der Küche herumliegen lassen, so dass sich Fettspritzer auf dem Buch verteilt haben, darf eine Weiter-Schenkung natürlich nicht mehr vorgenommen werden.

Mit dem anfänglichen Investitionsvolumen und den Schenkungen mit den Nebenbedingungen wird ein Schneeballsystem in Gang gesetzt. Mit einer Wahrscheinlichkeit von 50,3% löst dieses System eine exponentiell ansteigende Zahl von Verkäufen aus. Dass es darüber hinaus für die restlichen 49,7% Verkaufsvolumen notwendig ist, die optimale Nutzung des Vertriebskanals „Web" zu nutzen und sich im Falle von mangelnder Kompetenz von fachkundiger Seite unterstützen zu lassen, versteht sich von selbst."

Lully schloss einen Knopf seines Blazers.
„Wenn Sie jetzt Fragen haben, fragen Sie! Meine Karte liegt Ihnen vor. Wenn Ihnen später Probleme auf dem Herzen liegen, stehe ich gern zur Verfügung.

Ich danke Ihnen für Ihre Aufmerksamkeit."

Mir war das Wort ‚Schenken' mit all seinen Ableitungen ein bisschen zu häufig aufgetaucht.

Fine

Lully hat nach diesem ersten Auftritt noch zwei Mal beim Philosophen vorgetragen.

Alle anwesenden Self-Publisher stehen jetzt in langfristiger Geschäftsbeziehung zu ihm. Lully ist einfach total überzeugend. Und kennt sich im Business aus.

Vor einiger Zeit hat er schafft, einen großen alternativen Literaturpreis ins Leben zu rufen. Die unabhängige Jury soll vor allem Bücher von Un-Prominenten fördern. Es geht nicht nach den erreichten Verkaufszahlen. Sonst wären Krimis, Liebesromane und erotische Bücher von vorneherein bevorzugt.

Lully schreibt auch Fachartikel. Hat darin mehrfach die Trendwende in der Literatur behandelt, sie geradezu hervorgerufen. Die neue Literatur der Langsamkeit, der Entschleunigung, der Stille. Lully sagt, die Leute sehnen sich wieder danach, nach der Welt von gestern, ohne das ganze Geballere und Gebumse.

Er hat sowas angedeutet, dass ich bei dem Literaturpreis auf der Longlist stehe. Ist aber alles streng geheim.

Ja, und so habe ich in den letzten drei Jahren dem Zufall gleich mehrfach eine Chance gegeben.

Ich stehe bei Lully Lümmelmann unter Vertrag.

Erstens im Schreibbüro. Ich schreibe Legenden, zum Beispiel für Verbände, Wohltätigkeitsorganisationen, berühmte Leute. Märchen schreibe ich auch, für einen ähnlichen Personenkreis. Das wichtigste sind aber die Rezensionen, die in Auftrag gegeben wurden. Musterrezensionen für unterschiedliche Genres habe ich auch verfasst, die führen wir im Angebot.

Ich beaufsichtige darüber hinaus die Lizenznehmer, die unsere Bücher vertreiben. Zwanzig Prozent kriegen die und müssen einen Grundstock von jedem Buch abnehmen. Lully sagt, das lohnt sich.

Drittens. „Lully, Britney und Tante Judy" – wir sind ein Markenzeichen, ein Erfolgstrio geworden, das die Literaturlandschaft aufmischt.

Von meinem ersten Buch, das am Anfang nach einem totalen Flop aussah, habe ich inzwischen viele Exemplare verkauft, wirklich, ehrlich! Im Ausland läuft das Geschäft gerade vielversprechend an. Ich rechne mit abertausenden Exemplaren.

Mit den sozialen Netzwerken kenne ich mich jetzt gut aus, dank Britney.

Tolle Rezensionen reihenweise.

Ich bin auch nicht mehr einsam und bescheiden. Mittlerweile habe ich zahlreiche Freunde, sehr gute, sehr enge, beste und viele virtuelle Freunde. Und zahlreiche gute, enge und engste

Bekannte, Großonkel und Großtanten dritten und vierten Grades.

Was aus meiner Freundin Gitte geworden ist?

Sie hat sich aus der Belletristik verabschiedet und wird demnächst ein Sachbuch herausbringen. Hat sehr heimlich damit getan, bis sie scheibchenweise etwas herausgerückt hat. Es soll ein Bildband werden, aufwendig ausgestattet. Gitte hat ein bisschen was von ihrer Tante Lina geerbt. Die Thematik: „Mit wenig Aufwand zur anspruchsvollen Tischdekoration."

Ich war Jahrzehnte bei Gitte eingeladen. Wie man ohne Sachverstand so ein Sachbuch schreiben will, ist mir, ehrlich gesagt, schleierhaft.

Ich bin froh, dass sich Gitte als Lizenznehmer für Lullys Firma ein bisschen was dazu verdienen kann.

Ausblick

Am 13. September 2016 trafen Frau Fall und ich uns zum bisher letzten Mal.

Das Buch, in dem ihre Geschichte, ihre Gedanken und Analysen verarbeitet waren, war fertig und würde demnächst in den Buchverkauf gehen.

LL *„Frau Fall, ich möchte Ihnen an dieser Stelle noch einmal für die Überlassung Ihrer Geschichte und der daraus entstandenen Fall-Analyse danken. Für Ihre neuen Projekte viel Erfolg!"*

JF *„Vielen Dank!"*

Anhang

Glossar[3]

Auhtor
Neue Rechtschreibung
Sprachwissenschaftlich: Dummkopf, der aus eigenem Antrieb schmerzliche Erfahrungen wiederholt
Verfasser von Literatur

Autor
Texteschreiber
Früher ruhmvoller Denker
Siehe auch Self-Publisher und Auhtor

Buch
Ansammlung von bedruckten Blättern, mit einem Buchrücken versehen;
entfacht Vergnügen, Langeweile, Nachdenken, Verärgerung oder Wut, im Falle, dass es gelesen wird
auch: Einrichtungsmedium für Bücherwände und Regale

Buchhandlung
‚Point-of-Sale' für Literatur und Autoren

---

[3] Wir danken Frau Judy Fall für die Überlassung des Glossars.

Buchqualität
Unsichere, zielgruppenspezifische Eigenschaft ohne allgemein verbindliche Kriterien;
höchster Wert bei Eigenbeurteilung
im allgemeinen Sprachgebrauch Synonym für Verkaufszahlen

Buchschock
in Anlehnung an Babyschock;
Zeit nach der ersten Veröffentlichung, manchmal gefolgt von der Einstellung der Produktion

Graphomanie
Aus dem Lateinischen
Schreibwahn;
übersteigerter, meist unvernünftiger und damit pathologischer Wunsch zu schreiben

Lesen
Kulturtechnik
Basis-Element von Zivilisation

Literatur
Verschriftlichte Phrasen

Literaturkritiker
auch Rezensent
kritischer, meist negativ urteilender Zuteiler von Chancen auf dem Buchmarkt
Halbgott
Pseudonym
Hilfsmittel für Autoren, beschämende oder unbeliebte Wahrheiten zu publizieren, ohne dafür geradestehen zu müssen
verschleierte Identität

Rezension
Früher: möglichst unabhängige, unparteiische (Fehl)Beurteilung eines Kulturprodukts

Self-Publisher
Schreiber, der sein Buch selbst veröffentlicht und vermarktet

Ein Autor, der einen Verlag gesucht, ihn aber nicht gefunden hat. (33Prozent).

Ein Schriftsteller, der mit Realismus ausgestattet ist und deshalb keinen Verlag sucht. Legt darüber hinaus Wert auf gestalterische Freiheit (66Prozent).

Problematische Kombination aus Autor und Marketing-Fachmann mit Minimal-Einkommen und Maximal-Arbeitszeit, aber günstig beurteilter Zukunfts-Prognose

Verlage
*Publikums*verlage
Anbetungsobjekte für Autoren, mit geringer Erhörungsquote
übernehmen für den Autor gebührenfrei das Lektorat, die Veröffentlichung und Vermarktung des Buches. Gehören aufgrund der Kosten und zurückgehender Leserzahlen zu den gefährdeten Arten.
*Dienstleistungs*verlage nehmen für die gleichen Leistungen Geld.
Manche viel, einige wenig.
Neuere *Self-Publishing*-Verlage. Gut und günstig.